MemPo Giardinelli · Heisser Mond

Luna caliente

Mempo Giardinelli

Heißer Mond

Luna caliente

Roman

Aus dem argentinischen Spanisch
von Curt Meyer-Clason

Piper
München Zürich

Die Originalausgabe erschien 1984 unter dem Titel
»Luna caliente« bei Bruguera, Buenos Aires.

ISBN 3-492-03002-5

Satz: Utesch Satztechnik GmbH, Hamburg
Druck und Bindung: Wiener Verlag, Wien
Printed in Austria

Für Sergio Sinay aus der gemeinsamen Leidenschaft für diese Gattung und aus der großen Zuneigung einer Freundschaft, die ich durch die Jahre hindurch gefestigt weiß.
Und für Osvaldo Soriano, aus den gleichen Gründen.

Erster Teil

»Der Tod ist die erste und älteste, ja man wäre versucht zu sagen: die einzige Tatsache. Er ist von monströsem Alter und stündlich neu.«

Elias Canetti
Das Gewissen der Wörter

I

Er wußte, was geschehen würde; er hatte es gewußt, als er sie sah. Seit vielen Jahren war er nicht mehr in den Chaco zurückgekehrt, und inmitten so vieler Wiedersehensaufregungen war Araceli ein Blendwerk. Sie hatte schwarzes, langes, dichtes Haar und hochmütige Simpelsfransen, die ihr schmales modiglianihaftes Gesicht vollendet rahmten; darin traten ihre tiefdunklen, leuchtenden, schmachtenden, aber durchtrieben blikkenden Augen hervor. Mager und langbeinig, schien sie stolz und beklommen zugleich wegen dieser kleinen Brüste, die unter ihrer weißen Bluse hervorzuspringen begannen. Ramiro blickte sie an und wußte, daß es Probleme geben würde: Araceli konnte kaum älter sein als dreizehn Jahre.

Beim Abendessen begegneten sich ihre Blicke mehrere Male, während er von den vergangenen Jahren sprach, von seiner Studienzeit in Frankreich, von seiner Ehe, von seiner Scheidung, von all dem, was ein Mensch erzählt, den die anderen für weltgewandt halten, weil er weitgereist ist und im Ausland gelebt hat, wenn er nach acht Jahren in seine Heimat zurückkehrt und erst zweiunddreißig ist. Ramiro fühlte sich den ganzen Abend von der Dreistigkeit dieses kleinen Mädchens beobachtet, Tochter des nunmehr altgedienten Landarztes, der

Freund seines Vaters gewesen war und der ihn so nachdrücklich in sein Haus in Fontana, etwa zwanzig Kilometer von Resistencia entfernt, eingeladen hatte.

Nach den letzten Gesängen der Zikaden brach die Nacht mit Grillen ein, und die Hitze wurde feucht und schwer und hielt nach dem Abendessen an, berieselt von Cordobeser Wein, süßlich wie der Duft der wilden Orchideen, die den alten Lapacho-Baum hinter dem Landhaus umklammerten. Ramiro hätte nie zu benennen gewußt, in welchem Augenblick er Angst empfand, doch vermutlich befiel sie ihn, als er die Beine auseinanderschlug, um nach der zweiten Tasse Kaffee aufzustehen, und unter dem Tisch Aracelis kalte nackte Füße seinen Knöchel streiften, fast zufällig, vielleicht aber auch nicht.

Als alle aufstanden, um in den Garten zu gehen, weil die Hitze zum Ersticken war, blickte Ramiro sie an. Sie hielt ihre Augen auf ihn geheftet; sie wirkte nicht verwirrt. Er schon. Sie gingen, die Gläser in der Hand, hinter dem schon ziemlich beschwipsten Arzt und dessen Frau Carmen her, die unablässig redete. Die kleineren Kinder waren schon zu Bett gegangen, und Araceli, sagte ihre Mutter, sei zu dieser Stunde selten noch auf. »Die Kinder wachsen heran«, sagte der Arzt. Und Araceli tat, als betrachte sie etwas auf der Seite, mit einer Gebärde, die Ramiro als Aufforderung deutete, er möge ihr halbes Lächeln zur Kenntnis nehmen.

Sie plauderten und tranken im hinteren Gartenteil

bis zwölf Uhr in der Nacht. Es war ein Abend, der Ramiro beunruhigte, weil er nicht umhin konnte, Araceli anzuschauen samt ihrem kurzen Rock, der über ihre braunen Beine hochgerutscht schien, sanft beflaumte, sonnengetränkte Beine, die in diesem Augenblick im Mondschein schimmerten. Er war außerstande, aus seinem Kopf etliche erregende Phantasien zu verscheuchen, die sich ihm in die Unterhaltung zu drängen schienen und die er nicht zu unterdrücken vermochte.
Araceli wandte nicht den Blick von ihm, mit einer Beharrlichkeit, die ihn verwirrte und verführerisch anmutete.
Beim Abschiednehmen beging er die Ungeschicklichkeit, ein Glas über das junge Mädchen zu schütten. Sie trocknete sich den Rock ab und zeigte, als sie ihn etwas hochzog, ihre Beine, die er anblickte, während der Arzt und seine Frau, beide schon ziemlich angetrunken, gewollt witzige Bemerkungen machten.
Als sie vorausgingen, um die auf den Innenhof gehende Tür zu öffnen und das Haus bis zur Straße zu durchschreiten, faßte Ramiro Araceli am Arm und kam sich töricht vor, verzweifelt, weil das einzige, was ihm einfiel, die Frage war:
»Hast du dich sehr befleckt?«
Sie blickten einander an. Er runzelte die Stirn und merkte, daß er vor Erregung zitterte. Araceli verschränkte die Arme unter ihren Brüsten, die nach vorne zu hüpfen schienen, und zog sich mit einem leichten Erschauern zusammen.
»Es macht nichts«, sagte sie, ohne den Blick zu

senken, der Ramiro nicht mehr schmachtend erschien.
Minuten später, als Ramiro die Landstraße überquerte und in den alten Ford Modell 47 stieg, den er sich ausgeliehen hatte, wurde er sich bewußt, daß er schweißnasse Hände hatte, und das nicht wegen der drückenden Nachthitze. Nun kam ihm die Idee, die er nicht eine Sekunde lang bedenken wollte: Mehrmals drückte er heftig auf den Gashebel, bis er nicht mehr daran zweifelte, daß er den Motor hatte absaufen lassen. Zornig, und nun ohne auf den Hebel zu drücken, ließ er vergebens den Anlasser laufen. Der Motor soff nur noch mehr ab. Mehrmals wiederholte er den Vorgang, hartnäkkig, wütend, und verursachte einen Lärm, der zusammen mit der Batterie erlosch.
»Springt er nicht an, Ramiro?« fragte der Arzt vom Hause aus. Ramiro dachte, der Mann müsse in seiner Betrunkenheit schon reichlich vertrottelt sein, um so etwas Naheliegendes zu fragen. Mit übertriebener Gebärde sich den Schweiß von der Stirn wischend, stieg er aus dem Wagen und schlug die Tür zu.
»Ich weiß nicht, was mit ihm los ist, Doktor. Außerdem ist die Batterie leer. Könnten Sie mich nicht kurz anschieben?«
»Nein, Mann. Übernachten Sie hier und fertig; morgen bringen wir das in Ordnung. Überdies ist es spät und einfach zu heiß. Und dann setzt er auf der Fahrt nach Resistencia womöglich von neuem aus.«
Und ohne auf eine Antwort zu warten, schritt er

auf das Haus zu und sagte zu seiner Frau, sie solle für Ramiro das Schlafzimmer von Braulito, ihrem Ältesten, der in Corrientes studierte, zurechtmachen.
Ramiro sagte sich, vielleicht werde er seinen eigenen Wahnsinn bereuen. Er fragte sich, was er da tat. Versteinert auf dem Feldweg stehend, zweifelte er eine Sekunde lang. Doch er kapitulierte, als er Araceli aus dem Fenster des ersten Stocks zu ihm herunterblicken sah.

II

Das ihm zugedachte Zimmer lag gleichfalls im ersten Stock. Nachdem er die Einladung, noch ein Glas zu trinken, abgelehnt und sich von dem Ehepaar verabschiedet hatte, schloß Ramiro sich im Schlafzimmer ein, setzte sich auf den Bettrand und vergrub den Kopf in den Händen. Er atmete unruhig und fragte sich, ob es der Sommer im Chaco sei, die Hitze, die ihn so heiß mache. Doch das war es nicht: Er mußte zugeben, daß er Aracelis Teint nicht vergessen konnte, nicht die Verführungskraft ihrer kleinen harten Brüste, auch nicht ihren Blick, von dem er jetzt nicht mehr hätte sagen können, ob er schmachtend oder verführerisch oder beides gewesen war.
Ja, sagte er sich, beides und preßte sein steifes, schmerzhaft hart gewordenes Glied, das fast die Hosennähte zu sprengen drohte. Er fühlte sich fieb-

rig. Sein Mund war trocken. Sein Kopf tat ihm weh.

Er mußte ins Bad gehen. Er *wollte* gehen, um zu sehen... Als er die Zimmertür öffnete, lag der Gang im Dunkeln. Einen Augenblick blieb er stehen und lehnte sich an den Türpfosten, um sich an das Halbdunkel zu gewöhnen. Zu seiner Linken waren zwei geschlossene Türen, vermutlich die des Ehepaars und der Kinder, eine dritte stand halb offen, und von drinnen drang das schwache Licht einer Nachttischlampe heraus. Er wußte, daß es das Zimmer war, in dessen Fenster er den Umriß von Aracelis Gesicht gesehen hatte. Durch eine vierte Tür war ein weißes Waschbecken zu sehen. Langsam ging er auf das Badezimmer zu und spähte dabei in den schwacherleuchteten Raum, konnte sie jedoch nicht sehen.

Er setzte sich in Hosen auf den Klosettdeckel und strich sich das Haar zurück. Er schwitzte, sein Kopf tat noch immer weh. Er suchte ein Aspirin in dem Spiegelschränkchen über dem Waschtisch. Er nahm zwei und wusch ausgiebig Hände und Gesicht, wobei er sich die Augen rieb. Er konnte keinen Gedanken fassen. Doch sogleich wurde er sich darüber klar, daß er es nicht tun wollte, denn etwas sagte ihm, daß er bereits wisse, was geschehen würde, seine eigene Beklommenheit kündigte ihm eine Tragödie an. Die Angst und die Erregung, die er spürte, blockierten ihn, und er konnte nur handelnd, ohne nachzudenken, entkommen, denn der Chacomond war heiß diese Nacht und die Hitze erdrückend. Denn die Stille war vollkom-

men und die Erinnerung an Araceli war verzweiflungsvoll und seine Erregung unbezähmbar.
Er trat aus dem Badezimmer, lief über den Gang, spähte von neuem, konnte sie aber nicht sehen und schloß sich wieder in sein Schlafzimmer ein. Angezogen warf er sich aufs Bett und befahl sich zu schlafen. Er verlor das Zeitgefühl und knöpfte sich langsam das Hemd auf; er wälzte sich auf der Matratze und wechselte eine Million Mal seine Lage. Es war ihm unmöglich, nicht an sie zu denken, sie sich nicht nackt vorzustellen. Er wußte nicht, was tun, doch etwas mußte er tun. Er rauchte mehrere Zigaretten, viele warf er halbgeraucht fort, schließlich stand er auf und blickte auf seine Uhr. Ein Uhr dreißig morgens. Was tue ich nur, fragte er sich, ich muß schlafen. Doch er öffnete die Tür und trat abermals auf den Gang.
Die Stille war vollkommen. Aus der halboffenen Tür von Aracelis Zimmer drang kein Licht mehr, nur der Schimmer des heißen Mondes, der durch das Fenster einfiel und fahl in den Gang schien. Er fühlte sich ratlos; er warf sich seine Phantasterei vor. Die Kinder wachsen heran, aber nicht so schnell. Ja, sie hatte ihn oft angeblickt, verzaubert, doch deshalb noch nicht mit der Absicht, ihn zu verführen... Dafür war sie noch zu jung. Sie mußte offensichtlich Jungfrau sein, und die ganze Zweideutigkeit der Situation entstand in seinem eigenen Kopf, durch seine verderbte Geilheit, sagte er sich. Doch er dachte auch: Sie ist eingeschlafen, die verführerische kleine Stute hat es mit der Angst bekommen und hat sich schlafen gelegt. Die Wut,

die er fühlte, machte ihm zu schaffen, doch im Magen empfand er etwas wie Erleichterung. Er ging ins Bad hinüber und sagte sich, er werde sofort zurückkehren und sich schlafen legen, doch in diesem Augenblick hörte er, wie sich das junge Mädchen im Bett umdrehte. Er ging auf die halboffene Tür zu und blickte hinein.

Araceli lag mit geschlossenen Augen da, das Gesicht dem Fenster und dem Mond zugewandt. Halbnackt, nur ein knapper Tanga umspannte ihre schlanken Hüften. Das zerwühlte Laken bedeckte ein Bein und ließ das andere frei, als sei der Stoff ein verschwommener Phallus, der ihr Geschlecht umstrich. Mit ihren um die Brüste geschlungenen Armen schien sie auf ihrem linken Unterarm zu schlafen. Ramiro stand reglos in der Tür und betrachtete sie, von soviel Schönheit benommen; er atmete durch den Mund, der noch mehr austrocknete, und schon nahm er seine allmähliche hartnäckige Erektion wahr, das Zittern seines ganzes Körpers.

Wenn sie schlief, erwachte sie leicht aus unruhigem Schlaf. Sie machte eine Bewegung, ihre kleinen Brüste entschlüpften der Verhüllung ihrer Arme, und sie lag mit dem Mund nach oben. Plötzlich blickte sie in Richtung Tür und sah ihn; rasch deckte sie sich mit dem Leintuch zu, wenngleich ihr rechtes Bein unbedeckt blieb und den Mondschein spiegelte.

So verharrten sie und sahen einander schweigend an, einige Sekunden lang. Ramiro betrat das Zimmer und schloß die Tür hinter sich. Er lehnte sich an sie, keuchend, und merkte, daß seine Brust sich rhythmisch, beschleunigt hob und senkte. Er zitterte. Aber er lächelte, um das Mädchen zu beruhigen, oder weil er so nervös war. Sie betrachtete ihn, gespannt, schweigsam. Langsam trat er ans Bett und setzte sich, ihr unentwegt in die Augen schauend, so durchdringend, als wisse er, daß dies eine Art sei, die Lage zu beherrschen. Er streckte eine Hand aus und begann ihren Schenkel zu streicheln, sanft, fast ohne sie zu berühren; er fühlte Aracelis leichtes Erzittern und drückte fester, wie um die Hand in ihr Fleisch zu graben. Er machte es sich auf dem Bett bequem und näherte sich ihr noch mehr, wobei er diese Art kläglichen Lächelns beibehielt, das eher eine Grimasse war, entstellt von jenem plötzlichen Tick, der seine linke Wange zucken ließ.

»Ich will dich nur berühren«, flüsterte er mit fast unhörbarer Stimme und merkte, wie teigig sein Gaumen war. »Du bist so schön ...«

Und er begann, ohne den Blick von ihr zu wenden, sie mit beiden Händen zu streicheln, nun den ganzen Körper, wobei seine Augen den Bewegungen seiner Hände folgten, die an den Beinen hochfuhren, über die Hüften, sich auf ihrem Bauch vereinten und langsam, sanft ihren Oberkörper hochglitten, bis sie sich über den Brüsten schlossen. Sie zitterte, versteinert.

Ramiro blickte ihr von neuem in die Augen:

»Wie himmlisch du bist«, sagte er, und jetzt nahm er in ihr den Schrecken wahr, die Angst, die sie lähmte. Sie war nahe daran, zu schreien: Ihr Mund stand offen, und die Augen schienen ihr aus dem Kopf springen zu wollen.

»Ruhig, ganz ruhig ...«

»Ich ...« formte sie seufzend. »Ich werde ...«

Und nun hielt er ihr mit einer Hand den Mund zu, um den Lärm zu unterdrücken. Sie rangen, während er sie anflehte, nicht zu schreien, und sich auf sie legte, seinen Körper auf sie preßte, ohne aufzuhören, sie zu betasten, ihren Hals zu küssen und ihr zuzuflüstern, sie möge doch still sein. Und dann, entsetzt, aber fiebrig aus leidenschaftlicher Erregung, begann er ihr in die Lippen zu beißen, damit sie nicht mehr schreien könne. Er grub seine Zunge zwischen Aracelis Zähne, während er mit der rechten Hand unter ihrer Hose über das Geschlecht strich und bei der Entdeckung ihrer behaarten Scham noch erregter wurde. Sie schüttelte den Kopf, verzweifelt, um sich Ramiros Mund zu entziehen, um wieder atmen zu können, und nun, wahnsinnig, rasend geworden, versetzte er ihr mit der Faust einen Hieb, den er für sanft hielt, der aber so viel Schlagkraft besaß, daß sie ruhiger wurde und in stilles Weinen ausbrach, obgleich sie beharrlich stöhnte: »Ich werde schreien, ich werde schreien«, aber sie tat es nicht, und Ramiro ließ sie seufzen und wimmern und zog ihr den Tanga aus und knöpfte sich die Hose auf. In dem Augenblick, als er in sie eindrang, stieß sie einen jaulenden Schrei aus, den er wiederum mit seinem Mund unterdrückte. Doch da Araceli jetzt laut wimmerte, schlug er diesmal stärker zu und preßte das Kopfkissen auf ihren Mund, während er sich in dem Mädchenkörper, der sich wie ein kleines Tier, wie eine verwundete Möwe wehrte, ausgiebig, krampfartig bewegte. Bis Ramiro, brutal geworden und eine Stimme verscheuchend, die ihm sagte, er habe sich in eine Bestie verwandelt, das Kissen ein paar Zentimeter von dem Gesicht des Mädchens zog, um vor dessen tränenerregendem, zerbrochenem Blick zu erschrecken, der sich entsetzt auf ihn richtete, wie auf ein Ungeheuer. Jetzt deckte er ihr Gesicht wieder zu und versetzte dem Kissen dumpfe Hiebe. Araceli wehrte sich noch eine Weile. Ihm fiel es nicht schwer, ihrer Herr zu werden, und nach und nach wurde sie stiller, während er gleichgültig aus dem Fenster blickte, ohne zu begreifen, und sich wiederholt sagte, daß der Mond sehr heiß sei, heute Nacht, in Fontana.

III

Er wußte nicht, wie er dorthin gelangt war, doch als er zu sich kam, stand er neben dem Ford, noch immer aufgeregt atmend. Er öffnete die Tür und setzte sich ans Steuer. Aber er merkte, daß er noch immer zu nervös war, er konnte nicht fahren. Er war völlig verwirrt. Er zündete sich eine Zigarette an und sah auf die Uhr: zwei Uhr fünfundzwanzig. Ein-, zweimal zog er den Rauch genießerisch ein. Er sagte sich, er brauche jetzt einen Schluck von etwas Scharfem, er mußte unbedingt einen klaren Kopf bekommen. Der erste Gedanke lag auf der

Hand: fliehen. Araceli hatte ihren Widerstand aufgegeben, als sei sie in willenlosen Schlaf gesunken, und er erinnerte sich bereits an nichts mehr. Er war nicht geblieben, um den Tod festzustellen; die Vorstellung, plötzlich ein Mörder zu sein, war niederschmetternd.

Doch fliehen war nicht alles. Wohin sollte er? Nach Paraguay, in drei Stunden wäre er an der Grenze. Er würde sie überqueren, und am nächsten Tag würde er mit mehr Ruhe sehen, was zu tun war. Er könnte ein paar Freunde anrufen, ihnen erklären... Was? Wie konnte er diese unglaubliche Nacht, wie sein heilloses Verhalten erklären? Besser wäre verschwinden; den Namen wechseln, die Identität, durch Paraguay in Richtung Bolivien fahren oder nach Brasilien gehen, im Urwald von Amazonien untertauchen.

Ich bin verrückt, sagte er sich. Und wenn ich mich stelle? Das war die anständigste Lösung, versteht sich. Die paradoxerweise menschlichste und ihm selbst gemäßeste: vor das Gesetz zu treten. Er konnte, er mußte in diesem Augenblick einen Anwalt aufsuchen, der ihn zur Polizei begleiten würde.

Man würde ihn als Schutzmaßnahme in eine Zelle sperren, in der er schlafen konnte. Schlafen... das war alles, wonach ihn in diesem Augenblick verlangte. Seine Besinnungslosigkeit, diese Brutalität vergessen, die er an sich nicht kannte und deren sich zu entsinnen ihn jetzt ekelte.

Aber er würde sich nicht stellen, nein, der Gedanke war ihm unerträglich, von den Menschen, von seiner Familie, von seinen Freunden verstoßen zu werden, die ihn noch vor drei Tagen, bei seiner Rückkehr in den Chaco nach acht Jahren Abwesenheit, mit der alten Zuneigung empfangen hatten, mit jener Art von Bewunderung, die bei Provinzlern ein Landsmann, der in der Welt herumgekommen ist, hervorruft. Er war ein von einer französischen Universität abgegangener junger Anwalt, Doktor der Jurisprudenz, spezialisiert in Verwaltungsrecht, der in Kürze als Professor der Universität des Nordostens angehören würde. Die Vorstellung war ihm unerträglich, mit dem Bewußtsein, ein Mörder zu sein, seiner Mutter vor die Augen treten zu müssen. Und dann der unvermeidliche gesellschaftliche Skandal, nein, sich auszuliefern war für ihn untragbar.

Und sonst ... ja, er konnte sich umbringen. Den Ford, diese achtzylindrige Ratterkiste, in einen gewaltigen, glänzenden und neu überholten zwei Tonnen schweren Sarg verwandelt, im Hundertkilometertempo über die Paraná-Brücke nach Corrientes jagen. An der nächsten Stelle, einen Kilometer nach dem Brückenzollhäuschen, brauchte man nur kurz und heftig das Steuer herumzureißen. Bei dieser Geschwindigkeit würde der Wagen das Stahlgeländer durchbrechen. Und würde mit einem Satz hundert Meter tief in die tiefste Stelle des Flusses stürzen. Das bedeutete sicheren Tod ... Und wenn nicht? Und wenn er überlebte ...? Nein, doch das war nicht das Problem. Er besaß einfach nicht den Mut, sich umzubringen. Oder er wollte es nicht tun. Wenn er einer Sache sicher war,

so, daß er sich nicht umbringen würde. Zumindest nicht absichtlich.
Schön, sagte er sich, eine neue Zigarette anzündend, dann ist das einzig Konkrete, was ich in diesem Augenblick zu tun habe: fliehen. Und wenn ich es tun will, gibt es keine bessere Wahl als nach Paraguay abzuhauen, denn in Corrientes, in Misiones oder in sonst einem Provinznest würden sie mich noch morgen schnappen. Und überdies mit diesem untarnbaren Karren.
Er beschloß, seine nächsten Schritte müßten kurz und schnell sein: Er wollte zu Hause vorbeifahren, ein Hemd holen, alles greifbare Geld einstecken, seine Papiere, eine Flasche Gin oder sonst einen starken Tropfen und der Landstraße entgegenpreschen. Unterwegs würde er tanken und vor Clorinda nicht haltmachen. Er würde den Fluß überqueren und nach Asunción fahren. Er würde in einem Hotel absteigen und schlafen, solange es ihm behagte. Dann... dann würde er wieder nachdenken.
Er steckte den Schlüssel in das Zündschloß und merkte in diesem Augenblick entsetzt, daß er urinierte, als eine Hand sich auf seine Schulter legte.

IV

»Ramiro...« Der Mann zupfte ihn kurz am Ärmel.
Ramiro drehte sich um; hinter der Scheibe stand

der Arzt und blickte ihn lächelnd an. Er hatte glasige, wäßrige Augen; und kraftvoll durch die Zähne einatmend, entfernte er einen Speiserest. Er roch nach Rotwein, nach Dutzenden von Litern Rotwein.
»Doktor ...« Ramiro zog eine Grimasse: Er wußte nicht, ob es ein Lächeln sein sollte. »Sie haben mich erschreckt.«
»Hast du eine Zigarette, mein Sohn?«
»Ja, klar.« Hastig bot er ihm sein Päckchen an. Dann reichte er ihm sein Feuerzeug.
»Ich konnte nicht schlafen«, sagte der Arzt, kräftig hustend; dann räusperte er sich. »Die Hitze ist unerträglich. Haha ... aber ich haue jede Nacht ab.«
Ramiro verzweifelte: Die liebenswürdigen Säufer sind doppelt lästig. Er fragte sich, wo der Mann gewesen war, während ... schön, während dem, was geschehen war. Offensichtlich hatte er nichts gesehen und nichts gehört. Und wenn es eine Falle war? Nein, mochte er noch so betrunken sein, der Typ hätte anders reagiert und ihn nicht um eine Zigarette gebeten. Doch wie auch immer, er mußte losfahren. Und zwar sofort.
»Ich wollte schon abfahren.«
»Ist der Wagen wieder in Ordnung?« Der Arzt lehnte sich an das Fenster und stieß ihm beim Sprechen seinen widerwärtigen Atem ins Gesicht. Er rauchte, einen Fuß auf das Trittbrett der Tür gesetzt.
»Ja, ich glaub' schon.« Hastig ließ er den Motor an. »Er war wohl nur abgesoffen.«

»Nimm mich auf eine Runde mit. Laß uns nach Resistencia fahren, ich begleite dich, dort trinken wir ein Gläschen Wein im ›Stern‹.«

»Nein, Doktor, ich muß...«

»Was mußt du...« Unwirsch gab er ihm einen Klaps auf die Schulter. »Du wirst doch meine Einladung nicht ausschlagen.«

Der Mann trat vom Wagen zurück, fiel fast zu Boden, hielt sich aber im Gleichgewicht, ging unsicher um den Kühler herum und stieg auf der anderen Seite ein. Als er auf den Sitz sackte, schnaubte er.

»Los«, sagte er.

»Nein, Doktor, ich kann Sie nämlich nicht zurückbringen. Ich muß den Wagen zurückgeben. Er gehört Juancito Gomulka.«

»Teufel noch eins, ich weiß, daß er Gomulka gehört!«

»Aber ich muß ihn doch zurückgeben.«

»Egal, kannst mich dort lassen. Ich latsche zurück, nehme einen Kleinbus, Teufel noch eins, ich will ein Weinchen mit dir zischen. Aufs Wohl deines Alten, verstehst du? Hab' deinen Alten sehr gern gehabt.« Er schien gleich losheulen zu wollen. »Hab' ihn sehr gern gehabt...«

»Weiß ich doch, Doktor.«

»Nenn mich nicht Doktor, du, sag Braulio zu mir.«

»Ist recht, aber...«

»Braulio, hab' ich gesagt, sollst mich Braulio nennen...« Und seine Stimme erlosch in einem Rülpser. Der Mann war die reinste Alkohollache.

»Schauen Sie, Don Braulio: glauben Sie mir, ich kann Sie nicht mitnehmen. Ich habe zu tun.«
»Einen Scheißdreck hast du zu dieser frühen Stunde zu tun, Mensch. Es muß doch schon... Wieviel Uhr ist es?«
»Drei«, sagte Ramiro, auf die Uhr schauend. Er fühlte Entsetzen. Er mußte unbedingt vor Tagesanbruch in Clorinda eintreffen; er wollte nicht bei Tag über die Grenze. Und vorher mußte er noch zu Hause vorbeifahren, Geld holen, seine Papiere...
»Schön, leg den ersten ein und los.«
Ramiro fand sich damit ab, fuhr los und sagte sich, in Resistencia werde er den Arzt abschütteln; wie, würde ihm schon rechtzeitig einfallen. Mittlerweile müßte er seine Schritte gut überlegen, um nicht noch mehr Zeit zu verlieren.
»Ich bin so froh, dich zu sehen, Kleiner.« Der andere zog die Wörter in die Länge. Förderte ein Fläschchen Wein zutage. Ramiro fragte sich, ob er es in der Hand gehalten oder in der Hosentasche verwahrt hatte. Er ärgerte sich, weil er sich bewußt war, daß er zum Trinken aufgefordert werden würde und der Arzt, wenn er ablehnte, gekränkt sein würde. »Scheiße noch eins, wie sehr habe ich deinen Alten gemocht. Nimm einen Schluck.«
»Nein, danke.«
»Hurenmutter, schaut euch den Abstinenzler an. Los, trink, sage ich!« Und er hielt ihm die Flasche vors Gesicht. Der Wagen geriet ins Schleudern. Ramiro brachte ihn wieder unter Kontrolle.
»Danke«, sagte er und griff nach der Flasche.
Er setzte sie an die Lippen, ließ aber keinen Tropfen

in seinen Mund fließen. Wein war jetzt wirklich nicht das richtige für ihn. Außerdem war es besser, nichts zu trinken. Er fuhr ja bei Nacht. Und wollte einen klaren Kopf zum Nachdenken behalten. Als er die Flasche zurückgab, dachte er, es sei keine schlechte Idee, zu erfahren, was der Arzt inzwischen so unternommen habe.

»Und Sie, Doktor, wo haben Sie sich herumgetrieben? Ich dachte, Sie seien schlafen gegangen.«

»Jeden Abend haue ich ab. Carmen ist ein mieses altes Reff; mit ihr zu schlafen ist widerlicher, als einen Eßlöffel voll Rotz zu schlucken.«

Er lachte über seinen Witz.

»Sie auszuhalten ist schwieriger, als in ein Parfumflakon zu scheißen.« Er lachte begeistert und bekam einen dreisten Schluckauf. »Die Alte ist verbraucht wie ein Zwillingsschnuller.«

Er lachte noch immer. Es war ein abstoßendes Lachen.

»Und wohin gehen Sie dann?«

»Wer?«

»Sie. Wenn Sie abhauen.«

»Ich gehe saufen.«

»Und heute nacht, was haben Sie da gemacht?«

»Ich sag' dir's doch, Kumpel: Ich geh' saufen. Ich drücke mich doch klar aus, oder? Männer sind Männer, und Weizen ist Weizen, wie Lorca sagte.«

»Ja, aber wo saufen Sie denn? Ich habe Sie nicht gehört.«

»In der Küche. In meinem Haus gibt's immer Wein. Viel Wein. Allen Wein der Welt für Doktor Braulio Tennembaum, praktizierender Arzt mit

Sonderauszeichnung in der Medizinischen Fakultät von Rosario« – er schneuzte sich die Nase mit der Hand und trocknete diese an den Hosenbeinen ab –, »der in diesem Scheißdorf gelandet ist.«

Ramiro beschleunigte, als er die Asphaltstraße erreichte. Der Ford heulte durch die Nacht, durchbrach sie; die acht Zylinder gehorchten tadellos. Gomulka war ein großartiger Mechaniker, sagte er sich, er würde rechtzeitig in Clorinda ankommen. Plötzlich beunruhigt fragte er sich, ob die Wagenpapiere in Ordnung seien, denn er mußte den Rio Bermejo überqueren, um in die Provinz Formosa zu kommen, und dort lag eine Landpolizeistation. Er rückte seitwärts, suchte im Handschuhkasten und fand sie. Alles würde in Ordnung gehen. Aber zuerst mußte er Tennembaum loswerden.

»Und Araceli, Mann?« fragte dieser.

Ramiro zuckte zusammen, wachsam. Er antwortete nicht, wußte aber, daß der andere ihn ansah.

»Schön ist sie, meine Tochter, wie? Wird ein Mordsweib werden.«

Ramiro klammerte sich ans Steuer und verbiß sich in sein hartnäckiges Schweigen. Schon wurden die Lichter von Resistencia sichtbar.

»Wenn der einmal einer was antut«, fuhr Tennembaum fort, »den bring' ich um. Gleich wer, ich würde ihn umbringen.«

Ramiro dachte an Aracelis Zuckungen unter dem Kopfkissen, die Energie, die in ihr nachließ, an den Eindruck, sie sei wie eine verwundete und widerspenstige Möwe, die seinem Druck nachgegeben hatte. Ein Kälteschauer lief ihm über den Rücken.

Aus dem Augenwinkel sah er, daß der Arzt ihn unverwandt anblickte. Er fuhr auf. Und wenn er etwas wußte? Und wenn das die Falle war und Tennembaum so, wie er eine Flasche Wein hervorgeholt hatte, jetzt einen Revolver hervorholen würde? Er empfand Übelkeit, starkes Schwindelgefühl.

Er bremste, verließ die Fahrbahn und hielt am Straßenrand. Jäh öffnete er die Tür und streckte den Kopf hinaus, um sich zu übergeben.

»Geht's dir schlecht?« fragte der Arzt.

»Hurenmutter!« schrie Ramiro. »Sieht man doch, oder?«

Und so verharrte er eine Weile, mit vorgeneigtem Kopf. Zog ein Taschentuch aus der Hosentasche und säuberte sich den Mund. Und harrte in dieser Stellung und sagte sich, daß er vor allem eines habe: Angst. Und daß, wenn das hier eine Falle war und der Arzt die Sache mit seiner Tochter wußte, es besser sei, ihn auf der Stelle umzubringen – und Adiós.

V

Die Polizeistreife hielt hinter dem Ford, und auf dem Verdeck flammte ein Reflektor auf, dessen Lichtkegel unmittelbar Ramiro und den Arzt ins Gesicht traf. Tennembaum genehmigte sich, den Kopf zurückgebogen, einen langen Schluck Wein.

»Verdammt noch mal, lassen Sie die Flasche in Ruh' und bleiben Sie ruhig!«

»Ich scheiße auf die Polizei.«
»Aber ich nicht, Scheißpillendreher!« fauchte Ramiro leise und mit gutturaler Stimme, riß ihm die Flasche aus der Hand und warf sie auf den Wagenboden. »Wollen Sie, daß die uns niederknallen!«
»Rühren Sie sich nicht«, warnte eine Stimme aus dem Streifenwagen. Es war eine ruhige, fast sanfte, aber respektgebietende, feste Stimme.
Zwei Polizisten stiegen durch die hinteren Türen aus. Ramiro beobachtete sie im Rückspiegel. Ein dritter öffnete die rechte Vordertür. Die drei umringten rasch den Ford mit entsicherten Schußwaffen. Zwei trugen Flinten mit abgesägtem Lauf – Itakas, sagte sich Ramiro –, und der vom Vordersitz, der die Operation zu leiten schien, trug wohl eine 45er Pistole, die vorschriftsmäßige.
»Zeigen Sie die Arme vor und machen Sie keine verdächtige Bewegung. Sie sind umstellt.«
»Alles in Ordnung, Herr Offizier«, sagte Ramiro mit lauter Stimme, die ruhig und sicher zu klingen versuchte. »Machen Sie ruhig weiter.«
Der Polizist trat an sein Fenster und blickte ins Wageninnere. Ramiro stellte sich vor, die anderen stünden vermutlich im Dunkeln und zielten auf sie. Und der vierte, der Fahrer, stand wohl bereits mit dem Sprechfunk in Verbindung. Jetzt konnte jeden Augenblick ein Panzerwagen des Heeres auftauchen. So lebte man seit ein paar Jahren in diesem Land, hatte man ihm erzählt.
»Sagen Sie mir, wo Sie die Papiere haben«, sagte der Offizier. »Ohne sich zu bewegen.«

»Ich habe meine Kennkarte in der Brieftasche«, sagte Ramiro, »in der Gesäßtasche meiner Hose.« Die beiden anderen warteten darauf, daß sein Begleiter spräche. Tennembaum schien zu dösen.
»Das ist Doktor Braulio Tennembaum«, erklärte Ramiro. »Er ist betrunken, Herr Offizier. Sieht aus, als wär' er eingeschlafen.«
»Steigen Sie aus, bitte.« Der Polizist öffnete die Tür mit der linken Hand, seine mit der rechten Hand gehaltene Schußwaffe weiterhin auf ihn gerichtet. Es war tatsächlich eine 45er. Der Offizier fuhr fort: »Und jetzt bleiben Sie stehen und nehmen die Hände hoch.«
Nun rief er den anderen der beiden Polizisten, der die Operation wiederholte, wofür er Tennembaum schütteln mußte. Dieser stieg wortlos aus und blieb ein paar Meter vom Wagen mit erhobenen Händen stehen.
Der Offizier prüfte die Kennkarten beider, während der andere Polizist den Wagen durchsuchte, unter den Sitzen und den Fußmatten, hinter dem Armaturenbrett, das Handschuhfach und den Kofferraum.
Schließlich fragte der Offizier:
»Warum haben Sie angehalten?«
»Herr Doktor Tennembaum und ich fühlten uns unwohl. Und obgleich ich nicht ein einziges Glas getrunken habe, war ich der, dem übel wurde.« Und er deutete auf das Erbrochene neben dem Automobil. »Verzeihen Sie ...«
»Was habe ich Ihnen schon zu verzeihen?«
»Das, worauf Sie gerade getreten sind.«

Der Beamte war überrascht. Er trat ein paarmal mit dem Absatz auf den Erdboden. Ramiro dachte, unter anderen Umständen hätte er gelächelt.
»Sie müssen vorsichtiger sein; in diesen Zeiten und zu dieser Nachtzeit kann jede verdächtige Bewegung von Zivilpersonen ein solches Vorgehen rechtfertigen.«
Ramiro fragte sich, ob ein Halt unterwegs, um sich zu erbrechen, verdächtig sein könne, und vermochte ein Gefühl des Abscheus, als »Zivilperson« behandelt zu werden, nicht zu unterdrücken. Doch so sei es im Land in diesen Jahren, hatte man ihm erzählt. Er sagte nichts; sein Herzschlag schien seine Brust fast zu sprengen. Die Nacht rückte vor, und der Mond war immer noch heiß, doch Aracelis Leichnam in ihrem Schlafzimmer mußte langsam erkalten. Er fühlte sich den Tränen nahe.
»Sie können weiterfahren«, sagte der Offizier und rief seine Leute; diese kehrten zum Streifenwagen zurück; der startete und fuhr ab.
Sie stiegen in den Ford, wortlos, und während Ramiro den Motor anwarf und losfuhr, fühlte er zwei Tränen über seine Wangen rinnen.

VI

Der Arzt redete zuerst. Er tat es mit sanfter Stimme, zog aber immer noch die Wörter in die Länge:
»Dieses Land ist eine Scheiße. Es war so schön,

aber sie haben eine komplette Scheiße draus gemacht.«

Ramiro wußte nicht, ob seine Betrunkenheit vorüber war. Die Stimme des Arztes war bitter, doch vor allem traurig, sehr traurig.

»Hier hat sich der griechische Grundsatz auf den Kopf gestellt«, fuhr Tennembaum fort. »Die Arithmetik ist demokratisch, weil sie Beziehungen der Gleichheit, der Gerechtigkeit lehrt; und die Geometrie ist oligarchisch, weil sie die Proportionen der Ungleichheit beweist. Das hat Foucault gesagt. Hast du Foucault gelesen?«

»Teilweise. Auf der Universität.«

»Sie haben uns den Grundsatz auf den Kopf gestellt, Mann; jetzt sind wir ein zunehmend geometrisches Land. Und so geht es weiter.«

»Wo soll ich Sie absetzen, Doktor?«

»Du wirst mich nicht absetzen.«

Die Stimme des Arztes klang fest, wie ein Befehl. Ramiros Angst kehrte rasch wieder. Und wenn er das mit seiner Tochter wußte? War das nichts als eine Falle? Wann sollte all das enden?

Instinktiv wechselte er die Richtung, und statt der Stadtmitte zuzufahren, bog er zum Haus seiner Mutter ab, wo er seit seiner Rückkehr aus Paris wohnte. Er beschleunigte bis zu der in der Stadt zulässigen Geschwindigkeitsgrenze. Er wünschte sich keine neue Begegnung mit der Polizei. Er war ebensowenig bereit, den Arzt länger zu ertragen. Er würde gleich sehen, was mit ihm zu tun war.

Bei der Ankunft parkte er den Wagen, sagte zu Tennembaum, er möge sich etwas gedulden, und ohne auf eine Antwort zu warten, trat er ins Haus. Rasch, in völliger Stille, raffte er das Nötigste zusammen: seinen Paß, mehrere tausend neue Pesos, fünfhundert Dollars, die er noch nicht umgetauscht hatte, eine Hose und ein Hemd, die er in einen Plastikbeutel aus dem Supermarkt wikkelte. Geräuschlos, als sei er ein Fremder, verließ er das Haus, ohne daran zu denken, nach seiner Mutter oder seiner Schwester zu sehen.

Wieder im Wagen, fuhr er Richtung Stadtmitte. Es war vier Uhr zwanzig morgens, auf jeden Fall würde er die Grenze erst bei Tag erreichen. Schade. Wenigstens wollte er so früh wie möglich ankommen; er konnte keine Zeit mehr verlieren. Er war müde, überdrüssig, schläfrig, verwirrt von all dem zu Erwartenden, was er sich nicht einmal vorzustellen wagte. Insgeheim hegte er die schon unwiderrufliche Überzeugung, ein Flüchtling zu sein, ein Mörder, der längs der gesamten Grenze gesucht werden würde. Nicht einmal Paraguay war sicher, doch es gab keinen anderen Ausweg. Er mußte es durchqueren und nach Bolivien gelangen, nach Peru, ins Amazonasgebiet. In die Scheiße, sagte er sich. Und zwar sofort.

Er bremste jäh an der Ecke Guemesstraße–Avenida Neunter Juli.

»Schön, Doktor, hier sind wir. Hier setze ich Sie ab.«

»Und du, wohin fährst du?« Die Stimme war klarer geworden. Ramiro dachte, er habe während der Warteminuten geschlafen. Oder vielleicht uriniert. Das tut Betrunkenen immer gut.

»Ich gehe fischen.«
»Zu dieser Zeit?«
»Hören Sie, Alter: Schluß jetzt, ja? Ich gehe dorthin, wo mir der Arsch singt, und zwar sofort, einverstanden?« Nach all dem, sagte er sich gereizt, lag es auf der Hand, daß er Braulio Tennembaum nie mehr wiedersehen würde. Im Gegenteil, er würde stets auf den größten Abstand Wert legen, denn dieser Mann würde die Hetzjagd in Szene setzen, sofort nachdem er wenige Stunden später den Leichnam seiner Tochter entdeckt hätte.
»Du wirst mich doch nicht allein lassen«, sagte der Arzt kühl.
»Was schlagen Sie vor?« fragte Ramiro ängstlich, vorsichtig, doch mit klangvoller, ernster Stimme.
»Weiter saufen. Und reden.«
»Hören Sie, Sie scheinen Lust zu etwas zu haben, wozu ich keine Lust habe. Steigen Sie aus.«
»Du wirst mich doch nicht einfach so absetzen, Hurensohn.« Er sprach eisig, langsam. »Glaubst wohl, ich habe heut' abend nicht gesehen, wie du Araceli angestarrt hast?«

VII

Die Anschuldigungen dieses Mannes erschreckten ihn so sehr, daß er, ohne nachzudenken, ihm mit aller Kraft einen Faustschlag gegen das Kinn versetzte. Tennembaum hatte das nicht erwartet, fiel nach hinten und prallte gegen die Tür. Doch er fiel nicht in Ohnmacht; er stieß ein Röcheln aus, fluchte ein paarmal und wollte gleichfalls losschlagen. Ramiro schätzte den zweiten Schlag genauer ab und traf die Nase des Arztes. Und verpaßte ihm noch eine dritte Rechte auf die Kinnlade. Da verlor der Arzt das Bewußtsein.

Zehn Minuten später raste der Ford mit Höchstgeschwindigkeit dahin, und wenngleich das alte Modell keinen Tachometer besaß, rechnete Ramiro, daß er leicht mit hundertunddreißig Stundenkilometern fuhr. Der uralte, genau dreißig Jahre alte Wagen konnte nicht mehr leisten, hielt sich aber wacker. Gomulka hatte ihn mit wahrer Hingabe vollständig überholt, und der Motor funktionierte wie neu.

Verraten und verkauft, sagte er sich, jetzt muß ich losschlagen, weil ich verspielt habe. Versiebt-verspielt. Verspielt-verratzt. Verratzt-verrissen. Verrissen-verschissen. Verschissen-verröchelt. Tödlich verröchelt. Verröchelt-verfickt. Verfickt-vervögelt. Der Wortsalat war ein Mittel, nicht nachzudenken. Doch auch wenn er es nicht zu tun versuchte, überzeugte er sich von der Sauberkeit, mit der er vorgegangen war; er hatte ihm keinen Knochen gebrochen, keinen Zahn eingeschlagen. Er hatte ihn eingeschläfert, ohne Spuren zu hinterlassen. Die eigene Kaltblütigkeit beeindruckte ihn. Er hatte sich nie vorgestellt, ein unfreiwillig zum Mörder gewordener Mensch könne plötzlich so viele Vorurteile überwinden und eiskalt, bedenkenlos handeln.

Wie damals vor vielen Jahren, als er ein Kind war

und sein Vater starb und sie beschlossen, eine Zeitlang ihr Zuhause zu verlassen. Sie waren zu Verwandten nach Quitilip gezogen, wo die Baumwollernte in vollem Gang war und seine Mutter vom täglichen Weinen ablenken sollte. An einem Wochenende sollte er nach Resistencia fahren, um sich wegen einer Krankheit, an die er sich nicht erinnerte, untersuchen zu lassen, und machte einen Abstecher nach Hause. Sein Onkel Ramón wartete auf ihn im Wagen, während er hineinging, um einige Kleidungsstücke seiner Mutter zu holen. Sie hatte aber beim Abschließen des Hauses nicht die nötige Vorsicht walten lassen, so daß durch ein Eßzimmerfenster eine Katzenfamilie hereingeschlüpft war und sich unter dem Eßtisch häuslich niedergelassen hatte. In den wenigen Wochen hatte sie praktisch das Eßzimmer und die Küche in Besitz genommen. Er fühlte tiefen Ekel, rasende Wut, als er zwei riesige Kater bei seinem Eintreten wegrennen sah. Und so stand er gelähmt vor dem Bild aus Schmutz und Widerwärtigkeit, bis er beobachtete, daß vier Kätzchen fast kriechend unter dem Tisch hervorglitten, wie um anderswo Zuflucht zu suchen. Nun schloß er eiskalt das auf den Innenhof gehende Fenster, die in die Küche führende Tür und die von ihm selbst soeben geöffnete Verbindungstür zum übrigen Haus. Von seiner Rache erregt, kehrte er zum Wagen zurück, wo Don Ramón ihn erwartete. Als sie einen Monat später nach Resistencia zurückkehrten, entsetzten sich seine Mutter und Cristina, seine jüngere Schwester, angesichts der kleinen verwesten Leichen, deren Felle wie eingelegt an den Fliesen klebten. Der Gestank war unerträglich, und nachdem er jede Verantwortung geleugnet hatte, ging er ins Kino und verbrachte den Nachmittag damit, daß er sich ein und denselben Film von Luis Sandrini mehrmals ansah.

»Kalt, bedenkenlos«, hatte Dorinne, jenes zarte Mädchen aus Vincennes, das er geliebt hatte, zu ihm gesagt, als er es ihr erzählte. Jetzt erinnerte er sich, daß Dorinne an jenem Abend nicht mit ihm hatte ins Bett gehen wollen. Kalt, bedenkenlos, wiederholte er sich selbst, während er Tennembaum anblickte, der auf dem anderen Sitz in tiefem Schlaf lag. Was er tat, war schreckenerregend, er wußte es, er war bei vollem Bewußtsein. Doch er hatte keine andere Wahl. Verraten und verkauft... Ja, er hatte verspielt, und jetzt würde ihn nichts mehr abschrecken.

Er hatte Araceli nicht töten wollen. Herrgott, natürlich nicht, er hatte sie lieben wollen, aber... Schön, sie hatte sich gewehrt, ja, und er hätte natürlich nicht... aber schön, nicht mehr daran denken. Verraten und verkauft, verfickt und vervögelt, die teuerste Vögelei seines Lebens, sagte er sich. Er erschrak über seinen eigenen Witz. Ich bin ein Ungeheuer, mit einem Mal ein Ungeheuer. Der Mond war schuld daran. Zu heiß, der Chacomond. Vor allem nach acht Jahren Abwesenheit. Verraten und verkauft. Er hatte verspielt.

Nachdem das Straßendreieck der Westausfahrt von Resistencia hinter ihm lag, fuhr er über die Rio-Negro-Brücke und in die Ausfahrt der Route 16 ein. Er gelangte an ein Flüßchen, das nicht beschildert war. Etwa zweihundert Meter vor der Überfahrt über die kleine Brücke fuhr er an die Böschung. Er bremste, bemüht, keine deutlichen Spuren auf dem Straßenbelag zu hinterlassen, und sagte sich, er müsse rasch handeln, so wie er es geplant hatte, als Tennembaum aufsässig geworden war und er hatte zuschlagen müssen. Er würde nicht nach Paraguay noch sonstwohin fahren, nur nach Hause.

Er betete, es möge kein Wagen kommen, wenngleich zu dieser Zeit, um fünf Uhr morgens, mit Verkehr kaum zu rechnen war. Die Strecke war gänzlich unbefahren. Er war nur zwei Lastwagen begegnet, einem aus dem Norden kommenden Wagen (mit vermutlichem Fahrtziel Buenos Aires, denn das Nummernschild war das der Landeshauptstadt) sowie einem Bus der Godoy-Linie, welche die Strecke Resistencia-Formosa befuhr. Er stieg aus und schob Tennembaums Körper hinter das Steuer. Er zweifelte eine Sekunde, ob er seine Fingerabdrücke entfernen sollte, verwarf aber den Gedanken. Es war offensichtlich, daß er den Wagen gesteuert hatte. Das war unwichtig. Aber er legte die Hände des Arztes auf das Steuerrad und auf den Ganghebel. Alle würden denken, Tennembaum habe in seinem Vollrausch einen Blödsinn angestellt. Sie würden vermuten, er selber habe sich an seiner Tochter vergangen und sich in seiner Verzweiflung anschließend in dieser unsinnigen Gegend umgebracht, auf dieser Brücke, gegen die er, Ramiro, den alten Ford prallen lassen wollte.

Natürlich würde er sich nachher manch unbequemer Situation gegenübergestellt sehen, doch die würde er zu bewältigen wissen. Jetzt war er überzeugt, zu weit mehr fähig zu sein, als er bisher vermutet hatte. Im Grenzfall ist ein Mann zu allem fähig. Und er war an die Grenze gelangt. Der Arzt war ihm lästig geworden, widerwärtig, und vielleicht war er dabei gewesen, ihm eine Falle zu stellen. Er sah keine andere Wahl, daher hatte er auf ihn eingedroschen, bis er das Bewußtsein verlor, und nun würde er ihn umbringen: Verraten und verkauft ... Im übrigen wußte er bereits, was er zu sagen haben würde: Tennembaum, sternhagelvoll, hatte ihn geweckt, um ... um wieviel Uhr? Ja, um drei Uhr war er auf ihn zugekommen, als er im Wagen rauchte. Schön, denn um viertel vor drei hatte er ihn geweckt, und er, Ramiro, hatte sich der Aufforderung nicht entziehen können. Der Arzt war mein Gastgeber, würde er sagen, er hatte mich fabelhaft bewirtet, ein großartiges Abendessen nach so vielen Jahren, weil er mit meinem Vater befreundet gewesen war ... Und er würde erklären, daß er am Steuer gesessen habe, weil der Arzt betrunken war und sehr lästig, nervös, als sei ihm etwas zugestoßen, aber ich konnte nicht erfahren, was, ich glaubte, er sei einfach stockbesoffen, wie sollte ich denn wissen, daß er seine Tochter vergewaltigt hatte; und wir wollten zum »Stern« fahren, um ein paar Gläser Wein zu kippen. Sogar ein Streifenwagen hat uns angehalten, würde er sagen, und lächelte, während er sich am Körper des Arztes zu schaffen machte und daran dachte, wie gut ihm die Begegnung zustatten gekommen war. Die Polizisten würden zugeben, jawohl, sie hätten ihn gestellt, würden die Uhrzeit bestätigen und zu Protokoll geben, daß der Arzt sternhagelvoll und Ramiro nüchtern gewesen sei.

Jetzt steckte er sich den Nylonbeutel unters Hemd, setzte sich auf den Körper des anderen und startete. Er beschleunigte bis zum Äußersten, jagte die Gänge hinein, bog Richtung Brücke ein, stieß ein paar Meter davor entsetzt einen schrecklichen Schrei aus, den er selbst in seiner Kehle nicht kannte, und sprang aus dem Wagen, eine Sekunde bevor dieser mit ohrenbetäubendem Krachen von Stahl und Zement gegen das Geländer prallte. Der Wagen schien auf dem Brückenrand entlangzurasen, neigte sich nach links und stürzte dröhnend auf den Uferdamm.

Ramiro prallte auf den Boden und wurde von einem Ameisenhaufen gebremst. Rasch stand er auf, bevor die Ameisen den sonderbaren Körper vertreiben konnten. Wieder auf den Beinen und den Schmerz an einem Ellbogen verbeißend, rannte er, um den Wagen zu sehen, der halb abgesoffen im Fluß lag. Er beruhigte sich, als er feststellte, daß der Ford, auch wenn er nicht wie gewünscht in Brand geraten war, mit den Rädern in die Luft ragte. Die Karosserie stand unter Wasser; der Arzt würde ertrinken.

Alles ist gutgegangen, sagte er sich. Er entsetzte sich über seine eigene Gewißheit, über die abscheuliche Gelassenheit seines Kommentars.

VIII

Es war fünf Uhr zwanzig morgens, und noch hatte es nicht zu tagen begonnen. Es waren erst fünfzehn Minuten vergangen, seit er sich rennend von der Brücke entfernt hatte, Richtung Süden, zur Stadt. Schon waren zwei Autos und ein Lastwagen in seiner Richtung vorbeigefahren – Ramiro entfernte sich von der Landstraße, sobald er Motorengeräusch nahen hörte, und versteckte sich im Gebüsch –, was darauf hinwies, daß keiner auf der beschädigten kleinen Brücke angehalten hatte. Öffentliche Bauwerke in schlechtem Zustand überraschten niemanden. Folglich würde eine geraume Weile vergehen, bis der halb versunkene Ford entdeckt wurde.

Jetzt, als er seiner Schätzung nach lange genug marschiert war, war er entschlossen, mit dem Daumen zu winken, ohne stehenzubleiben, jetzt war er ruhiger, wenngleich die Müdigkeit ihm das Gehen zu erschweren begann.

Eine Minute später hielt ein riesiger Bedford mit Anhänger und dem Nummernschild von Santa Fe auf sein Zeichen hin.

»Wohin willst du?« fragte der Fahrer aus seiner Kabine; es war ein dunkelhäutiger Mann, der mit nacktem Oberkörper fuhr und einen Arm heraushängen ließ, der einem Hafenkran glich und auf dem Bizeps eine Tätowierung trug, die man in der Dunkelheit nicht erkennen konnte. Ramiro sagte sich, diesen Typ könne er ohne Bedenken duzen.

»Wohin dir's in den Kram paßt, Kumpel«, erwi-

derte Ramiro mit paraguayischem Akzent, ohne ihm in die Augen zu sehen.
»Ich fahre nach Resistencia zum Ausladen und dann weiter nach Corrientes.«
»Prima, laß mich dort raus, im Zentrum.«
»Gut, steig ein.«
Im Führerhaus sagte er dann ganz nebenbei und aus seinem Fenster blickend, mit seinem auffällig paraguayischen Tonfall, sein Wagen sei einige Kilometer weiter hinten an einer Abzweigung der Landstraße stehengeblieben. Er wollte hinzufügen, daß er beschlossen habe, loszumarschieren, bis jemand ihn mitnähme, daß er einen Mechaniker holen und anschließend nach Santa Fe weiterfahren wolle, als er merkte, daß der Lastwagenfahrer einer jener Typen war, die zwar zu einem Freundschaftsdienst bereit, sonst aber eher mürrisch und eigenbrötlerisch sind. Er wandte nur den Kopf, wie um zu zeigen, daß fremde Erklärungen und Probleme ihn nicht interessierten. Der Typ wollte wohl an seinen eigenen Kram denken, und die Geschichte, die er ihm erzählen mochte, war ihm scheißegal. Ramiro dankte ihm aus tiefstem Herzen und lehnte sich in seinem Sitz zurück.
Blitzschnell erinnerte er sich an alles, was er in der vergangenen Nacht erlebt hatte, und fragte sich, ob es nicht ein Traum, ob es nicht etwas sei, das einem anderen passierte. Bestürzt öffnete er die Augen, aber nein: Was er sah, war die flache Landschaft des nördlichen Chacogebiets mit seinen gegen den Paraná in die Nacht gezeichneten Palmen; mit seinem schmutzig-gräulichen Urwald am Wegrand.

Und die unerträgliche, hartnäckige Hitze, die man fast berühren konnte.
Er schielte zum Fahrer, der sehr konzentriert fuhr, auf einem augenscheinlich zerfransten Zahnstocher herumkaute und stur auf die Landstraße blickte. Nein, es war kein Traum. Wieder schloß er die Augen; und das Brummen des Diesels im Ohr, entspannte er sich ein paar Minuten lang.
Als der Lastwagen bei der Ampel der Kreuzung Avenida Avalos – Avenida Fünfundzwanzigster Mai bremste, sagte Ramiro: »Danke, Meister, hier steig' ich aus«, öffnete die Tür und sprang ab, bemüht, sein Gesicht vor dem Fahrer zu verbergen, der seinerseits nur brummte und etwas wie »Tschau, Paraguayer« sagte, eine Bemerkung, die Ramiros Ohren wohltat. Dieser Typ konnte ihm nicht gefährlich werden. Der hatte ihm Glück gebracht.
Doch dann sah er auf die Uhr und fuhr auf: Es war bereits zehn vor sechs, und es wurde langsam hell. Er mußte ungefähr acht Block weit bis zu seinem Haus zurücklegen; das Gefährliche war, daß seine Familie ihn hereinkommen hören konnte.
Als er am Haus angelangt war, öffnete er ganz leise die Tür, nachdem er die Straße überblickt und festgestellt hatte, daß niemand aus dem Fenster sah, niemand aus seinem Haus trat. In der Diele zog er die Schuhe aus und bekam eine Gänsehaut, als er sein Herz pochen hörte. Er ging durch das Wohnzimmer in vollkommener Stille, betrat sein Schlafzimmer und schloß die Tür hinter sich ab. Er glaubte Cristina im Nebenzimmer bei der Morgen-

gymnastik zu hören. Gleich würde sie in die Küche gehen und den Kaffee aufgießen. Seine Mutter war im Badezimmer. Es ging um Sekunden, doch alles war gutgegangen.
Wachsam und mit größter Vorsicht zog er sich aus und schlief mit der Frage ein, ob er sich in Paris je hätte vorstellen können, daß er, Ramiro Bernárdez, eines Tages solcher Kaltblütigkeit fähig sein würde. Er hätte geschworen: nein. Doch jetzt, nach einer Nacht wie dieser, wußte er, daß so gut wie alles möglich war.

IX

Als er die Augen öffnete, bemerkte er, daß die Sonne durch die Spalten der metallenen Rolläden sickerte. Der Standventilator verursachte ein eintöniges, einschläferndes Geräusch, vor allem, wenn er ganz nach links drehte und die Buchse eine vollständige Kehrtwendung ausführen mußte, um die Reise nach rechts anzutreten. Dieser Ventilator nahm seine Aufmerksamkeit in Anspruch. Sicherlich hatte seine Mutter ihn angestellt. Er war verwundert, daß er nicht aufgewacht war, aber natürlich, die Alte geht auf leisen Sohlen. Nur eine Mutter kann das Zimmer eines Mörders betreten, ohne daß dieser es merkt.
Mörder, wiederholte er, die Lippen bewegend, ohne jedoch das Wort auszusprechen. Plötzlich spürte er Kopfschmerzen und entspannte sich; er

war sich soeben bewußt geworden, daß er vollkommen verkrampft gewesen war.
Draußen sprach seine Mutter mit jemandem. »Ja, Liebling«, sagte sie und klang überrascht und fröhlich. Es mußte jemand sein, der zu Besuch kam. Er blickte auf seine Armbanduhr: elf Uhr vierzehn. Er hatte nicht lange geschlafen. »Was für ein Zufall«, sagte seine Mutter, »man sieht dich nie bei uns.« Und die Stimme schien auf sein Schlafzimmer zuzukommen. Ramiro wurde plötzlich nervös und richtete sich auf.
»Eine Minute, Kleines«, jetzt klang die Stimme fest, »warte, ich will sehen, ob er schon wach ist.«
Ramiro versank in seinem Kissen und schloß die Augen in dem Augenblick, als sie das Schlafzimmer betrat.
»Ramiro ...«
Er öffnete ein Auge, dann das andere, Schlaftrunkenheit heuchelnd.
»Lieber, Araceli sucht dich.«
»Was?« Ramiro sprang auf, schreckverstört, fast schreiend.
»Ja, Lieber, Araceli, die Tochter von Dr. Tennembaum aus Fontana, wo du gestern abend warst.«

Zweiter Teil

»Was ist das Gewissen? Ich habe es erfunden, ich! Worin besteht die Reue? Sie ist seit siebentausend Jahren eine Gewohnheit der Menschheit! Befreien wir uns von dieser Sorge und wir werden Götter sein!«

Fjodor M. Dostojewski
Die Brüder Karamasow

X

Es war nicht möglich, und trotzdem... Teufel noch eins, wieder träumte er nicht. Er blieb im Bett liegen, blickte verwundert zur Zimmerdecke und verspürte widerstreitende Empfindungen: Sich weniger als Mörder zu wissen, erleichterte ihn, doch zugleich empfand er Wut über alles, was geschehen war und was nicht geschehen wäre, falls er sich bewußt gewesen wäre... Doch was hieß das, sich weniger als Mörder zu fühlen? War das nicht lediglich eine lächerliche Feststellung?

Zuerst war es de Quincey, sagte er sich, und dann Dostojewski, die darauf hinwiesen, daß wir Menschen aus zynischer oder müßiger Prahlerei das Verbrechen genießen. An irgendeiner Stelle unseres Selbst schwelgen wir verwundert im Schrekken einer Mordtat. Wir mögen sie hinterher verdammen und werden die unerbittlichsten Richter sein, doch im ersten Augenblick betört uns das Verbrechen und flößt uns sogar Bewunderung ein.

Es ist nicht möglich, »weniger Mörder« zu sein. So wie, wenn du ein einziges Wesen vermißt, alles entvölkert ist, so ist der von meinen Händen verübte Tod alle Tode.

Ramiro blickte seine Hände, die Handflächen an. Dann drehte er sie langsam um und betrachtete sie von der anderen Seite – geädert, behaart; sie kamen ihm vor wie die Hände eines Ungeheuers aus einem Schauerroman. Und dennoch waren es dieselben, die vor nicht langer Zeit Dorinne zu liebkosen verstanden hatten. Er wußte, sie waren der Zärtlichkeit fähig: Angesichts der zarten Haut bestimmter Frauen konnten sie leidenschaftlich werden; sie konnten behutsam eine Blume berühren, und diese würde nicht welken. Einmal hatten sie sacht in die Wange eines kleinen Jungen gekniffen. Ein anderes Mal hatten sie Gewebe aus Oaxaka-Garn berührt, eine indische Seide, den Sockel des *David* in Florenz, das harte, trockene Fell eines deutschen Schäferhundes.

All das bedeutete unmerklich in sein Gedächtnis gegrabene Augenblicke; unkontrollierbare Momente, die sich als unvermutete Gedankenverbindungen einstellten. Nein, er mochte seine Lage noch so angestrengt zu verdrängen suchen, diese Erinnerungsrufe waren keine wirksame Ablenkung. Dies waren die Hände eines Mörders; der Mörder war er.

Um Gottes willen, was sollte er jetzt tun? Was wollte das junge Mädchen; wie sollte er ihr gegenübertreten? Was sollte er zu ihr sagen? *Was würde er ihr denn sagen können?*

Er seufzte und zündete eine Zigarette an. Er legte das Streichholz in den Aschenbecher auf dem Nachttisch und sagte sich, daß er eine Weile nicht das Zimmer verlassen werde. Die sollten nur warten, dachte er, ein Leben lang sollen sie auf mich warten, in diesem Augenblick ist das einzig

Gewisse meine eigene Lähmung, ich habe gestern nacht genug Scherereien gehabt.
Und Araceli, ob sie erzählt hatte, was geschehen war? Und Carmen, ob sie schon wußte, daß er ihre Tochter vergewaltigt und zu töten versucht hatte? Denn offensichtlich war die Kleine nicht allein in sein Haus gekommen. *Was, zum Teufel, wollten sie von ihm?*
Er haßte die Frauen, erst jetzt wurde er sich dessen bewußt. »Ich bin ein Weiberfeind«, und er lachte. Vielleicht auch nicht, gar so schlimm war es nicht. In Paris hatten verschiedene Freundinnen ihn als *Macho* angeprangert; in unvergeßlichen, verspielten, unterhaltsamen Nächten, in denen über das Verhalten der Männer den Frauen gegenüber gesprochen und gestritten worden war. *Macho*, sagten sie zu ihm; primitive, verrückte Feministinnen, konterte er. Und sie lachten. Sie wußten nichts vom Leben.
Die Frauen vertreten den gesunden Menschenverstand, der uns Männern fehlt, gestand er sich. Und das ist es, was wir Männer fürchten. Da wir sie begehren und brauchen, haben wir Angst vor ihnen. Sie flößen uns Entsetzen ein. Oder war es nicht das, was er vor Araceli gestern nacht empfunden hatte? Er, Ramiro Bernárdez, der große Macho, der miese Argentinier, der außerstande war, einer kleinen Pariserin die Stirn zu bieten, hatte sich gestern nacht in einen gemeinen Frauenschänder verwandelt. Aus Angst, aus Schrecken. Und hatte zweimal gemordet; wobei es gleichgültig war, daß Araceli wiederauferstanden war – oder

was auch immer. Gesunder Menschenverstand ... Was war das? Er besaß nur Angstverstand. War ihm das nicht schon vorher mit mancher Frau passiert? Verdammt noch mal, mit allen, wenn jede Frau, die er in seinem Leben kennengelernt hatte, für ihn eine Minute des Schreckens, der unüberwindlichen Panik bedeutet hatte. Vielleicht war das Machismo, diese Sekunde des Entsetzens, das wir empfinden, wenn wir einer Frau gegenüberstehen. Der Augenblick des Schreckens, den die Erkenntnis ihrer Besonnenheit in uns auslöst, ihrer scheinbaren Zerbrechlichkeit (was wir als Zerbrechlichkeit sehen *wollen*), ihrer angeborenen Fähigkeit zu einer Verankerung in einer Beständigkeit, die wir Männer nicht besitzen. Denn was uns unterscheidet, ist vielleicht nicht nur einerseits der Besitz eines Gliedes, andrerseits der einer Scheide. Was uns unterscheidet, ist die Unmöglichkeit, den Unterschied anzunehmen und anzuerkennen. Das ist es, was wir im anderen Geschlecht ablehnen.

Und warum jetzt an all das denken? Weil der Schrecken nicht einmal der Tod war, sondern die Schande, ein Schänder gewesen zu sein? Weil er sich sofort zugeben mußte, daß er nicht wagte, sein Zimmer zu verlassen, da er sich, offen gestanden, als lombrosianischen* Prototyp empfand? Oder weil er sich innerlich bereits zu jedem moralischen

* Cesare Lombroso (1836–1909) vertrat die Lehre, daß das Verbrechen zwangsläufig Ergebnis der physiologisch-psychologischen Eigenart des Täters sei. (Anm. d. Übers.)

Aufschwung außerstande sah? Oder war die Ehre nichts als Aberglaube, wie Dostojewski nahelegte? Was war die Ehre eines Mannes anderes als die Erkenntnis seiner Nichtigkeit, seiner unendlichen, unmeßbaren Winzigkeit; was war sie anderes als die Hinfälligkeit des Narzißmus?

Dann besaß er also kein Ehrgefühl, er war nicht ehrenhaft, nicht einmal ein Mann. Alle Jahrhunderte der Menschheit, dieser emsigen Suche nach der Unterscheidung zwischen Böse und Gut, überwältigten ihn.

Dennoch stand er vom Bett auf, zog ein Hemd und eine Hose an und befahl sich, hinauszugehen. Doch sogleich mußte er zugeben, daß er es nicht wagte, sein Zimmer zu verlassen. Noch nicht. Und wieder dachte er, daß die Feststellung, »weniger Mörder« zu sein, ungereimt war, eine Torheit, weil der Arzt... Und wenn auch er nicht gestorben war?

Er fuhr auf, hörte den Satz, den sein Herz machte, suchte etwas irgendwo. Was war schlimmer, jetzt, da er bis zum Hals in diesem Schlamassel steckte? Doch nein, Tennembaum war ganz gewiß tot; er hatte den Ford mit dem Fahrerhaus im Wasser, mit den sich in der Luft drehenden Rädern gesehen, außerdem war der Kerl bewußtlos gewesen. Er *mußte* ertrunken sein. Ja, das stand fest. Doch jetzt, wenn Araceli redete... würde alles schlimmer werden. Schon war es sinnlos, an eine Flucht nach Paraguay zu denken.

Wieder hörte er die Stimme seiner Mutter, die

näher kam, und schon sah er sie die Tür des Schlafzimmers öffnen und erscheinen.
»Hör mal, Ramiro, die Kleine wartet.«
»Ich komme schon, Mama.«
Sie stand da und blickte ihn an, mit Schatten des Zweifels in den Augen, wie ihm schien. Ein seltsames, unbestimmtes Aufblitzen. Nervös fragte er:
»Wie ist das Wetter?«
»Wie soll es schon sein, Lieber? Wie immer: heiß, feucht, die Sonne wird uns noch umbringen.«
Ramiro suchte einen Gürtel und wechselte ihn aus. Dann setzte er sich aufs Bett und begann Socken und Schuhe anzuziehen, ganz langsam.
»Uns werden noch ganz andere Sachen umbringen, Mama.«
»Was sagst du da?«
»Achte nicht auf mich, ich fühle mich schauderhaft.«
»Soll ich dir ein Aspirin bringen?«
Ramiro lachte, ein kurzes, bitteres Lachen.
»Gegen das, was mit mir los ist, Alte, hilft kein Aspirin; da hilft keine Arznei.«
Auch sie lachte, nervös.
»Schau einer an, der hier ist heute aber dramatisch aufgestanden«, sagte sie, als spräche sie zur Wand, zu jemandem, der in den Backsteinen säße, im Kalk und im Anstrich.
Dann ging sie rasch hinaus.
»Beeil dich, Lieber«, sagte sie, als sie die Tür schloß.
Als Ramiro fertig angezogen war, sagte er sich, daß zumindest eines klar sei: Araceli durfte nicht reden.

Bevor er das Schlafzimmer verließ, schloß er die Augen und gebot sich Ruhe; worauf auch immer das junge Mädchen abzielte, er mußte Ruhe bewahren. Er würde gleich sehen, wie sie zum Schweigen zu bringen war. Sie saß im Wohnzimmer, in einem Sessel. Sie trug eine blaue Hose, verblichene Jeans, die Hüften und Schenkel umspannten. Sie trug ein kariertes Männerhemd, das ihr zu groß war, und das Haar zu einem Kranz aufgesteckt. Die Simpelsfransen verdeckten ihre Augen, oder aber diese hatten ihren Glanz verloren. Auf ihrem rechten Wangenknochen war eine leichte Prellung zu sehen. Sie wirkte weder traurig noch verschreckt.

»Hallo«, sagte Ramiro, sie fest anblickend.

»Hallo«, antwortete sie und stand auf, trat auf ihn zu und gab ihm einen Kuß neben den Mund. Ramiro blinzelte und setzte sich in den Sessel neben ihr. Aus der Küche war seine Mutter zu hören, die etwas zubereitete, vermutlich sein Frühstück: Kaffee mit Milch und Zwieback.

»Wie geht's dir?«

»Gut.« Sie sprach, ohne den Blick von seinen Augen zu lassen. Sie war schön.

»Ich weiß nicht, was ich dir sagen soll, Araceli ...« Er wußte es wirklich nicht; sie hörte zu, schweigend, magnetisiert von seiner Gegenwart und von seinen Worten. »Gestern nacht bin ich durchgedreht. Ich möchte, daß du mir verzeihst, wenn ich brutal gewesen bin, weißt du? Es ist blöd, daß ich das zu dir sage, mein Liebes, aber ... Ich wollte dir nicht weh tun.«

Sie blickte ihn an. Ramiro vermochte nicht zu ergründen, was in diesem Blick lag.

»Wie bist du hergekommen?«

»Mama hat mich hergebracht.«

»Und wo ist sie?«

»Sie sucht Papa; er ist gestern nacht verschwunden.«

»Und weiß sie, wo sie ihn suchen soll?«

»Er wird sich betrunken haben, wie immer; er wird bei irgendeinem Freund sein.«

»Aha.« Ramiro beruhigte sich einigermaßen; noch war also der Leichnam nicht aufgetaucht. »Sag mal, hast du mit deiner Mama über gestern nacht gesprochen?«

Sie lächelte in sich hinein. Sie blickte ihn fest an, und Ramiro sah ein Paar bildschöne, riesige, tiefschwarze Augen vor sich, mit verstärktem Glanz. Die olivenfarbene Haut, dazu der blaue Fleck auf dem Wangenknochen, das gab diesem schmalen Gesicht etwas von einer Renaissance-Madonna. Da gibt's keine Müdigkeit, sagte er sich, dieses Rotznäschen verführt mich noch immer.

»Hast du ihr etwas gesagt?«

»Wie kommst du darauf?« sagte sie, kaum die vollen, feuchten Lippen bewegend und ohne den Blick von ihm abzuwenden.

Sie verstummten. Es war eine peinliche Lage, und Ramiro forderte von seinem Gehirn eine Geschwindigkeit, die es nicht besaß.

»Gib mir einen Kuß«, bat sie mit kindlicher Stimme.

Er riß die Augen so weit auf, wie er nur konnte.

Sein Gehirn war das einer Mücke. Sie schloß die Augen und kam auf ihn zu, mit halbgeöffnetem Mund, um den Kuß zu empfangen, und Ramiro sagte sich, es sei unmöglich, daß sie so unschuldig und so schön sei. Doch zugleich, als er mit seinem Oberkörper etwas zurückwich, empfand er etwas Herausforderndes, Sündhaftes in ihrer Verführungskunst. Etwas Abscheuliches, das ihm Angst einflößte. In diesem Augenblick läutete das Telefon, und Ramiro zuckte innerlich zusammen. Seine Mutter nahm den Hörer ab.

»Für dich, Ramiro. Juan Gomulka.«

Ramiro griff nach dem Hörer. Er biß sich nachdenklich auf die Unterlippe, bevor er antwortete.

»Hallo, Polacke...«

»Bruder, heut' nachmittag brauche ich den Wagen. Wann kann ich ihn abholen?«

»Ach ja, Polacke, hör zu...«

»Was ist los, Mensch?«

»Nichts, ich bin nur gerade erst aufgestanden, verstehst du? Aber... Nein, die Sache ist die, daß ich ihn nicht habe; es ist jemand damit weggefahren...« Er wollte den Namen nicht nennen.

»Wem hast du ihn denn gegeben, Mann?« Gomulka klang beunruhigt.

»Doktor Tennembaum« – er hatte keine andere Wahl –, »Don Braulio.«

»Hurenmutter, Mann, ich habe ihn doch *dir* geliehen! Und sag mir bloß nicht, daß er betrunken war!«

»Doch, Bruder, wie ein Beduine. Verzeih mir.«

»Aber dieser Typ lebt doch nur vom Saufen,

Mann. Wie, zum Teufel, tust du mir so was an? Du weißt doch, wie versessen ich auf meinen Ford bin!«
»Verzeih, Polacke. Ich will sehen, ob ich ihn holen und dir sofort zurückbringen kann. Um welche Zeit brauchst du ihn?«
»Um sechs. Ich hole ihn bei dir zu Hause ab.« Wütend hängte der andere auf.
Ramiro ging in die Küche und bat seine Mutter, ihnen Kaffee zu bringen.
»Und du, worüber mußt du denn mit der Kleinen sprechen?«
»Sie will Jura studieren. Gestern abend hat sie mich gebeten, ihr von Paris zu erzählen ...«
Er öffnete den Eisschrank, so als suchte er etwas. Um keinen Preis wollte er jetzt seiner Mutter in die Augen sehen. Er wußte jedoch, daß sie eine überzeugendere Antwort von ihm erwartet hatte.
»Armes Kind«, fügte Ramiro hinzu. »Diese Püppchen aus der Provinz meinen, Paris liege gleich um die Ecke und jedermann könne hinfahren.«
Und er verließ die Küche und kam sich erbärmlich vor wegen dem, was er gerade gesagt hatte.
Er kehrte ins Wohnzimmer zurück und setzte sich in einen anderen Sessel, dem jungen Mädchen gegenüber. Sie ließ den Blick nicht von ihm. Sie wirkte wie ein kleines Tier, eine Katze, genau das, sie war neugierig wie eine Katze. Und genauso verschwiegen.
»Wozu bist du hergekommen?«
»Ich mußte dich sehen.« Ihre Stimme war leise, furchtsam, verteufelt verführerisch.

»Ich wollte dir nicht weh tun.« Er kam sich wie ein Idiot vor, wieso sagte er das zu ihr? Es war, als fragte er, wieso sie nicht gestorben sei. Wie, zum Teufel, sie es angestellt hatte, nicht zu sterben. Oder warum sie ihn nicht hatte wissen lassen, daß sie nicht tot war. Alles wäre anders verlaufen. Er fühlte Zorn in sich hochsteigen. Sie aber sagte, den Blick noch immer auf ihn gerichtet:
»Du hast mir nicht weh getan. Es hat mir gefallen. Und ich will es wieder mit dir machen; ich will, daß du heut' abend kommst.« Jetzt schlug sie die Augen nieder, als blicke sie auf ihre Scheide. Auch Ramiro blickte auf sie.

XI

Die Mutter brachte den Kaffee und bemerkte, es sei furchtbar heiß, noch schlimmer als in der vergangenen Nacht, mein Gott, kaum zum Aushalten, dann fragte sie nach Aracelis Eltern und sagte etwas über die enge Freundschaft des Verstorbenen mit dem Doktor. Das waren andere Zeiten, natürlich, und dann fragte sie Ramiro, was sie ihm zu Mittag kochen solle, sie wolle gleich einkaufen gehen.
Er antwortete, er wisse noch nicht, ob er zu Hause essen werde, sie solle sich nicht um ihn kümmern, und sie bemerkte zu Araceli, jedoch mehr zu sich selber, daß Ramiro sie praktisch verlassen habe, daß er nach so vielen Jahren des Fernseins kaum eine Minute zu Hause verbringe, natürlich verstehe

sie das, stell dir vor, Liebste, denn dafür sind die Mütter da, um ihre Söhne zu verstehen, und stell dir vor, jede Nacht kommt er sehr spät heim, und dann schläft er viel zu wenig, du wirst dich noch ruinieren, mein Lieber, und sie schenkte den Kaffee ein.

»Mama, und gestern nacht, hast du mich da kommen hören?« fragte er in beiläufigem Tonfall.

»Ja, es war so gegen vier. Hab' ich dir's nicht gesagt, Liebste?«

Ramiro fühlte sich erleichtert; sie hatte ihn nur gehört, als er seine Sachen geholt hatte. Sie bot ein paar Kekse an, die abgelehnt wurden, und verließ das Wohnzimmer mit der Bemerkung, sie wolle auf den Markt gehen und in einem Weilchen bin ich zurück, und wenn Cristina kommt, soll sie anfangen Kartoffeln zu schälen und sie in den Ofen schieben, und erzähl ihr von Paris, Junge, phantastisch, der Eiffelturm.

Sie tranken schweigend und hörten sie fortgehen. Dann lehnte Araceli sich im Sessel zurück und stellte ihre übereinandergeschlagenen Beine wieder nebeneinander. Ramiro blickte sie erregt an, weil ihr Atem schneller zu gehen schien und ihre kleinen Brüste hob. Araceli begann mit ihrem Hemdknopf zu spielen, der genau auf der Brust lag. Sie blickten einander an. Beide atmeten pfeifend, nervös, mit offenen Mündern.

»Mach es mit mir«, sagte sie mit ihrer Kinderstimme. »Jetzt.«

XII

Gegen Mittag kam Carmen Tennembaum, um ihre Tochter abzuholen. Sie trug ein blaues Leinenkostüm und eine weiße Rüschenbluse. Ihr Gesicht war ausgezehrt, sie schien die Hitze nicht zu merken; ihre Augenringe und die zerflossene Wimperntusche waren keine Folge der Hitze, sondern des Weinens. Diese Frau hatte viel geweint.
»Wir haben ihn nicht gefunden, Maria«, sagte sie zu Ramiros Mutter und fuhr sich mit einem Taschentüchlein über die Nase. »Ich weiß gar nicht, was ich denken soll, ich bin verzweifelt.«
»Komm, Carmen, er wird sich irgendwo herumtreiben. Es ist doch nicht das erste Mal«, beruhigte Maria sie ohne Überzeugungskraft.
»Sind Sie nicht auf der Polizei gewesen, Señora?« fiel Ramiro ein.
»Noch nicht. Ich habe Angst, hinzugehen.«
Araceli löste sich aus der Gruppe und näherte sich dem Peugeot 504 der Tennembaums.
»Was haben Sie gestern nacht gemacht, Ramiro?« Sie putzte sich die Nase.
»Eigentlich nichts. Don Braulio wollte mich zu einem Glas einladen, aber ich habe abgelehnt. Der Wagen war bereits wieder in Ordnung, vermutlich war der Motor nur abgesoffen, und er bat mich, ihn nach Resistencia mitzunehmen. Er stieg ein und ... ja, wirklich, ich konnte ihn nicht daran hindern.«
»So ist er immer. Wenn er sich was in den Kopf setzt ...«
»Dann fuhren wir los, und er verabschiedete sich

von mir vor dem Haus. Er bat mich um den Wagen, und wiederum konnte ich nicht nein sagen. Übrigens mache ich mir jetzt Sorgen, weil es nicht mein Auto ist, wie Sie wissen, und ich weiß nicht, was ich Juan Gomulka sagen soll.«

»Um welche Zeit sind Sie losgefahren?«

»Ich weiß es nicht, es muß gegen drei Uhr morgens gewesen sein. Ich konnte wegen der Hitze nicht schlafen« – er schwankte und zwang sich, Araceli nicht anzublicken, die an der Tür des Wagens lehnte und herübersah –, »und ich beschloß, aufzustehen und abzufahren. Ich traf ihn draußen, sehr ...«

»Betrunken.«

»Ja.«

»Was für ein Kreuz, mein Gott ...« Sie schien von neuem weinen zu wollen, faßte sich aber rasch. »Schön, gehen wir. Ich suche weiter; ich bin noch nicht bei Romero und bei den Freschinis gewesen.« Und sie ging auf ihren Peugeot zu, und sie und Araceli stiegen ein. Als sie abfuhren, blickte das junge Mädchen ihn mit ihrem schmachtenden Blick an und winkte. Ramiro sagte sich, daß er nichts begreife.

Dann legte er sich aufs Bett, um nachzudenken. Er war nervös und hatte große Angst. In der Tat war es unmöglich, die Ungewißheit so lange aufrechtzuerhalten; auch die Befürchtungen der anderen bedrückten ihn in gewisser Weise. Und um sechs Uhr würde er zum Polacken Gomulka gehen und es ihm sagen. Gomulka war verrückt nach seinem Ford 47 und überdies ein armer Verrückter, sagte

sich Ramiro, kein reicher Sammler. Das war das Schlimmste. Sicherlich würde Gomulka die Polizei auf die Suche nach seinem Wagen hetzen; daß er seine Freundschaft verlieren würde, war noch das wenigste.
Doch das war nicht alles, dachte er, im Halbdunkel des Zimmers rauchend, wo die Hitze kaum nachzulassen schien. Vielleicht sollte er zur Brücke fahren und sich genau ansehen, in welchem Zustand der Wagen liegengeblieben war. Warum war er noch nicht entdeckt worden? Ein plötzliches Anschwellen des Flusses war ganz unvorstellbar, der Negro ist praktisch ein toter Fluß. Auch hatte er gesehen, wenngleich es noch sehr dunkel gewesen war, daß die Räder sich leer über der Wasseroberfläche drehten. Ob er in dem sumpfigen Grund anschließend langsam abgesunken war? Er hielt es für unwahrscheinlich, doch nicht für unmöglich. Vielleicht sollte er hinfahren, doch der Gedanke erschreckte ihn. Und dann die Geschichte aus den Detektivromanen, daß der Mörder immer zum Ort seines Verbrechens zurückkehrt, nein, undenkbar, daß er sich in einer ähnlichen Lage befand. Und doch wollte er offensichtlich hin. Auch wenn er natürlich eine sehr gute, ausgezeichnete Ausrede benötigte, um zur Zeit der Mittagsruhe – sofern er nach dem Mittagessen ging – an dieser Stelle außerhalb der Stadt vorbeizufahren. Er hatte keinerlei Ausrede, weder eine gute noch eine schlechte. Auch hatte er keinen Wagen; er würde sich einen ausleihen müssen oder im Taxi fahren, was lächerlich war.

Aber wenn die Polizei den Ford und die Leiche bereits entdeckt hatte und nun auf ihn wartete? Nein, warum sollte sie gerade auf ihn warten? Schön, warum nicht? Zu dieser Stunde waren sie vielleicht schon in Fontana gewesen, und Carmen hatte sie davon in Kenntnis gesetzt, daß er, Ramiro, der letzte Mensch war, der mit Tennembaum zusammen gewesen war.

Und außer alledem, Araceli. Was für ein Mädchen, mein Gott, sie war so toll, daß man es kaum glauben konnte. Aber sie war gefährlich wie ein Affe mit einer Rasierklinge. Er konnte sie nicht begreifen. Er würde Frauen nie begreifen. Er hatte sich immer gesagt, daß das Gute an ihnen die Unberechenbarkeit sei, doch jetzt brachte gerade das ihn zur Verzweiflung; er begriff, daß das ein machistischer Maßstab war. Was er wirklich nicht verstand, war die menschliche Natur. Und was war das? fragte er sich. Wie konnte er so anmaßend sein und die ganze Spannweite des Schreckens erfassen wollen, die in einem Menschenwesen Platz fand? War vielleicht, dachte er, durchs Eßzimmerfenster in den Innenhof blickend, die menschliche Natur nicht der Beweis für das Unendliche? Wessen war der Mensch nicht fähig? Konnte jemand glauben, daß es Grenzen gab? Sein eigener Fall war ein gutes Beispiel.

Er empfand Ekel vor sich selbst, bohrende Reue, die sich gleichzeitig mit beklemmender wachsender Eitelkeit paarte. Jawohl, Scheiße noch eins, er würde alle an der Nase herumführen und den Hals aus der Schlinge ziehen. Wenn auch nur, weil ihm keine andere Wahl blieb. Schon erkannte er keine Grenzen mehr an; er war zu jeder Untat fähig. Und wenn auch etwas Unbestimmtes ihm diese Gedanken als unheilvoll vorhielt, konnte er nicht umhin, Stolz zu empfinden.

Ja, die menschliche Natur war auch diese wunderbare Fähigkeit, sich jeder Lage zu stellen. Alles zu verändern. Ach, aber Eitelkeit und Schrecken sind ein übles Gemisch, wenn sie zusammenkommen, sagte er sich. Ach, wäre nicht die verfluchte Angst, die ihn knebelte ...

Er konnte kaum essen und war wortkarg. Cristina, seine Schwester, sprach während des Mittagessens von ihrem Abscheu gegen Alkoholiker, kaum hatte seine Mutter sich über Carmens Unglück ausgelassen, einen Trinker zum Mann zu haben. Ramiro dachte, verfluchte Puritanerin, sie hat von nichts eine Ahnung, gibt aber Meinungen zum besten, immer sind es die Ignoranten, die Meinungen haben.

»Du bist sonderbar«, sagte seine Mutter mehrmals, während sie aßen.

Er nickte und sagte etwas, um von sich abzulenken.

»Hast du noch immer Kopfschmerzen?«

»Wann tat mir der Kopf weh?«

»Heute morgen, als du aufstandst. Du hast gesagt, du fühltest dich schlecht.«

»Gib nichts drauf. Ich hatte einen bösen Traum.« Er überdachte seine Worte und fügte spöttisch hinzu: »Es war ein Alptraum, aber der geht rasch vorüber.«

Die beiden Frauen räumten die schmutzigen Teller

weg, während er eine Orange schälte, die er nicht aß. In der Küche bemerkte Cristina, wie schön Araceli sei; sie sagte, sie frage sich, ob sie wohl schon einen Verehrer habe, denn du weißt, Mama, die kleinen Mädchen fangen heutzutage früh an.
Sie hat Meinungen; die Gans ist zweiundzwanzig Jahre alt, aber hat Meinungen, dachte Ramiro. Er fragte sich, ob sie eifersüchtig sei. Er lächelte allen und niemandem zu und sagte sich, die menschliche Natur sei der Schwachsinn der Leute.
Dann brachten sie ihm den Kaffee. Er trank ihn gerade, als es an der Haustür klingelte.
Cristina öffnete. Sie kam mit sorgenvoller Miene und halbgeschlossenen Augen zurück.
»Draußen steht ein Streifenwagen. Die Polizei fragt nach dir, Ramiro ...«

Dritter Teil

»Wir gehören nicht zu der Sorte von Leuten, die Kamele verschlingen, nur um sich auf dem Klosett anzustrengen.«

Nathanael West

Miss Lonelyhearts

XIII

Der Falcon fuhr ins Polizeipräsidium und parkte in dem kleinen Innenhof. Dort stand ein zweiter Streifenwagen, ein Kleinlastwagen mit einem Gitterfenster in der Hintertür, und zwei andere Falcons, hellgrün, ohne Nummernschilder und mit den Kurzantennen des Sprechfunks. Ramiro erkannte diese furchterregenden Fahrzeuge der Parapolizei wieder.

Man führte ihn in ein kleines Büro am Ende eines Gangs. Es hatte nur eine Tür; sie ging auf die Galerie, die den Innenhof der Gebäude rahmte, die, daran erinnerte sich Ramiro, vor vielen Jahren der Regierungssitz des damaligen Nationalgebiets des Chaco gewesen waren. Es war ein sehr kleiner Raum, das gesamte Mobiliar bestand aus zwei Stühlen, einem Schreibtisch mit einer uralten Schreibmaschine, einer fünfzig Jahre alten Underwood, und einem Kalender des »Gelben Hauses« an der Wand. Das war alles.

Der Sergeant, der ihn dorthin begleitet hatte, blieb in der Tür stehen, rauchend, und zog sich nach wenigen Minuten zurück, als ein hochgewachsenes, hageres Mannsbild eintrat, mit kurzem Haar, das er jedoch länger trug, als es bei den Polizisten des Militärregimes üblich war. Er trug eine blaue Hose, ein himmelblaues Hemd mit aufgekrempel-

ten Ärmeln und eine Krawatte mit aufgeknöpftem Knoten. Die Jacke hatte er anderswo gelassen.
»Sehr angenehm, Doktor Bernárdez«, sagte er und streckte ihm die Hand entgegen.
Ramiro gab ihm die seine und nickte. Er hatte sich äußerste Vorsicht vorgenommen und gedachte, nur das Unerläßliche zu sagen.
»Schauen Sie, ich komme gleich auf den Kern der Sache, Doktor: Ich hoffe, Sie entschuldigen, daß wir Sie belästigt haben, aber wir haben die Leiche einer Ihnen befreundeten Person gefunden, den Doktor Braulio Tennembaum.«
Er legte eine Pause ein, um sich eine Zigarette anzuzünden, und beobachtete ihn aufmerksam über den Rauch hinweg.
»Die Leiche?« wiederholte Ramiro mit flötender Stimme, während er den Blick des andern mit halbgeöffnetem Mund aushielt.
»So ist es. Es scheint ein Unfall gewesen zu sein, aber Sie verstehen, daß wir das untersuchen müssen. Rauchen Sie?«
»Ja, danke.« Ramiro nahm das Päckchen entgegen und zog eine Zigarette heraus. Er war sehr nervös und gestand es sich auch zu. Er wollte starke Gemütsbewegung heucheln: Besser, so sagte er sich, daß der andere es glaubte. »Wo war das? Was für ein Unfall?«
»Wir fanden die Leiche in einem Ford des Jahrgangs 1947. Offenbar hat er die Gewalt über den Wagen verloren und ist in einen Arm des Rio Negro gestürzt, auf der Route 11. Und nun gehen wir davon ...«

»Teufel noch mal!« unterbrach ihn Ramiro, den Kopf schüttelnd.

»Was ist los?«

»Alles« – er fuhr sich mit der Hand wie verzweifelt durchs Haar. »Ich bin ein Freund der Familie und vermute, daß Sie mich deshalb geholt haben. Gestern abend habe ich bei ihnen zu Nacht gegessen. Aber außerdem ist mir dieser Wagen geliehen worden. Und daß die Polizei einen in diesen Zeiten holt... Reicht das nicht?«

»Wir hätten gerne einige Informationen von Ihnen.«

»Ja, klar.« Ramiro heuchelte weiterhin Betroffenheit. Und vielleicht Kummer, dachte er, Schmerz, denn nach allem war die Lage, seine Lage, äußerst betrüblich.

»Ich begreife Ihre Betroffenheit, aber ich muß Ihnen einige Fragen stellen.«

»Fragen Sie ruhig, Señor...«

»Almirón. Inspektor Almirón.«

»Was möchten Sie wissen, Inspektor?«

»Wir gehen davon aus, daß Sie die letzte Person sind, die mit ihm zusammen war.«

»Ich vermute schon. Ich weiß nicht, mit wem er nachher zusammen war.«

»Ich möchte, daß Sie mir so ausführlich wie möglich erklären, was Sie gestern abend gemacht haben.«

Ramiro schwieg und sagte sich, daß es nicht schaden könne, wenn er ein wenig zögerte; auch kam es nicht darauf an, gleich in einem Zug auszupacken. Almirón fügte hinzu:

»Verstehen Sie, Doktor, das ist fast eine Routinebefragung.« Er betonte das »fast«.

»Ja, ja, ich rekapituliere ... Gut, sehen Sie: Tennembaums hatten mich zum Abendessen eingeladen. Gegen Mitternacht wollte ich mich zurückziehen, aber der Wagen, der Ford, den Sie erwähnt haben, den mir ein Freund, Juan Gomulka, geliehen hatte, wollte nicht anspringen. Ich vermute, er war abgesoffen, ich weiß nicht. Dann wurde ich aufgefordert, in Fontana zu übernachten; Tennembaum behauptete, der Wagen könne unterwegs stehenbleiben. Das leuchtete mir ein, denn es war schon spät, nach Mitternacht. Ich blieb, konnte aber nicht schlafen. Die Hitze, wie Sie wissen, ist auch nachts höllisch, und ich komme aus dem europäischen Winter ... Außerdem war es nicht mein Bett, ich weiß nicht, jedenfalls beschloß ich nochmals zu versuchen, den Wagen anzulassen ...«

»Erinnern Sie sich, um welche Zeit das war?«

»Ja ... nicht genau, aber es mag halb drei oder drei Uhr in der Frühe gewesen sein.«

»Fahren Sie fort, bitte.«

»Draußen, gerade als der Wagen ansprang, erschien Doktor Tennembaum. Er jagte mir einen ganz schönen Schrecken ein, weil ich geglaubt hatte, er sei längst im Bett. Er lud mich ein, ein Glas Wein mit ihm zu trinken, er war ... ziemlich, ja stark betrunken, und ich lehnte ab, er aber stieg ins Auto und bat mich, ihn nach Resistencia mitzunehmen. Ich konnte nicht nein sagen, wissen Sie, ich wollte ihn nicht allzusehr verstimmen; die Leute, wenn sie einen sitzen haben, sind ...«

»Was passierte dann?« Almiróns Augen wichen nicht von ihm.
»Nun, mir wurde übel. Im Magen, aber nicht vom Alkohol. Ich stoppte den Wagen, um mich zu übergeben. Ein Streifenwagen tauchte auf, wir mußten unsere Papiere vorzeigen. Ich weiß nicht, um wieviel Uhr das gewesen sein mag. Und dann kamen wir zu meinem Haus, und Tennembaum bat, ich möge ihm den Wagen leihen. Wieder konnte ich nicht nein sagen, was ich jetzt bereue. Aber ich konnte es nicht. Er war nervös, lästig. Und fuhr ab.«
»Der Streifenwagen hat Sie um drei Uhr fünfundzwanzig angehalten«, sagte Almirón, und Ramiro fragte sich, ob er ihn mit dieser genauen Angabe einschüchtern wollte; ihm zu verstehen geben wollte, daß man Einzelheiten bestätigte. »Und wo hat der Doktor Sie verlassen?«
»Vor meinem Haus.«
»Hat er Ihnen gesagt, wohin er gehen wollte?«
»In den ›Stern‹.«
»Erinnern Sie sich, um welche Uhrzeit Sie sich verabschiedet haben?«
»Nein, ich schätze aber, es wird gegen vier Uhr morgens gewesen sein. Vielleicht etwas später. Ich las noch eine Weile, ich weiß nicht, wie lange, schaltete Punkt fünf Uhr das Licht aus. Daran erinnere ich mich, weil ich auf die ...«
»Nach den Gerichtsakten starb Tennembaum gegen fünf Uhr dreißig morgens. Was taten Sie zu dieser Zeit?«
»Ich schlief natürlich.« Ramiro lächelte. »Ich weiß

nicht, ob ich es beweisen kann, Inspektor. Ich bin unter Ihren Verdachtspersonen, nicht wahr?«

»Ich habe nicht gesagt, daß Tennembaum ermordet wurde. Wir prüfen nur einfach die Tatbestände.«

»Ich verstehe«. Und er fügte sofort hinzu: »Inspektor, ich weiß, daß Sie es sind, der verhört, aber lassen Sie mich ein paar Fragen stellen: Glauben Sie, daß dies etwas mit der Subversion zu tun hat?«

»Nein. Das glaube ich nicht.« Almirón beschrieb eine wegwerfende Gebärde mit der Hand.

Dann ist es für diesen Kretin nichts Schwerwiegendes, sagte sich Ramiro. Was für ein Land: ein Mörder ist nicht wichtig. Die Tressen gewinnen gegen die Subversiven. Almirón blickte ihn fragend an.

»Und die andere Frage?«

»Was?«

»Sie sagten, Sie wollten mir ein paar Fragen stellen.«

»Ach ja. Glauben Sie, daß Tennembaum möglicherweise Selbstmord verübt hat?«

»Ich weiß es nicht. Ich finde kein Motiv. Aber es scheint mir auch kein Unfall zu sein.« Er dachte einen Augenblick nach, als zweifle er, ob er sagen solle, was er sagen wollte. Und sagte es: »Es gibt Hinweise dafür, daß der Wagen an einer Straßenseite geparkt war. Kein Selbstmörder hält im letzten Augenblick an, um es sich noch einmal zu überlegen, und noch viel weniger plant ein Betrunkener einen Unfall, hundert Meter vor dem Aufprall.«

»Und nun? Die Alternative ist, daß er ermordet

wurde, aber Sie haben gesagt, Sie glauben nicht, daß Tennembaum ermordet worden ist.«

»Ich habe ebensowenig gesagt, daß ich das Gegenteil denke.«

»Ich verstehe.«

Almirón stand auf.

»Man wird Sie nach Hause bringen, Doktor, und entschuldigen Sie die Störung. Ich bitte Sie, die Stadt nicht zu verlassen, ohne uns zu benachrichtigen. Ich vermute, Sie haben nichts hinzuzufügen, nein? Jemand, der Sie gesehen haben könnte, etwas, was Sie gemacht haben könnten...«

Ramiro dachte eine Sekunde nach. Er erinnerte sich an den Lastwagenfahrer, doch inzwischen gab es in seiner Lüge kein Zurück mehr.

»Nein«, sagte er. »Nichts hinzuzufügen.«

XIV

Vor sechs Uhr abends sprach Ramiro mit Juan Gomulka, der gutgelaunt wirkte und, wie er erzählte, nach der Siesta León Gieco gehört hatte. Doch seine Stimmung und seine Fröhlichkeit schwanden, als Ramiro ihm erklärte, daß sein Wagen schrottreif in einem Hinterhof der Polizei stehen müsse. Er brüllte, er schimpfte, sagte, so also müsse eine Freundschaft enden, er habe sein Vertrauen mißbraucht. Ramiro hörte sein Gejammer an, erwiderte auf alles nur ja und versprach ihm, seinen Verlust nach Möglichkeit zu ersetzen.

Gomulka schwor, soviel Geld gebe es nicht auf der Welt, ihm den moralischen Schaden zu bezahlen, denn diesen Ford habe er mit eigenen Händen und Originalersatzteilen wiederhergestellt, das verzeih' ich dir nie, ich möchte am liebsten sterben...

Ramiro hängte den Hörer auf und nahm eine kalte Dusche. Dann zog er sich an und ging zur Omnibushaltestelle. Er wollte einen Kleinbus nach Fontana nehmen; er konnte nicht umhin, bei Tennembaums Totenwache anwesend zu sein. Dann würde er entweder jemanden treffen, mit dem er zurückfahren konnte, oder er würde einen anderen Bus nehmen und zwanzig Stunden ununterbrochen schlafen. Er konnte im Hinblick auf das Verbrechen nichts anderes tun, als sich in Gedanken den Daumen halten.

Es waren viele Leute zugegen, und alle sprachen über den schrecklichen Tod, der Doktor Braulio Tennembaum ereilt hatte – ein Gemeinplatz. Als gäbe es Tode, die nicht schrecklich sind, dachte Ramiro. Es fehlten auch nicht solche, die Mutmaßungen darüber anstellten, daß es auch etwas anders zugegangen sein könnte, und mit »etwas anders« spielten sie auf die Möglichkeit eines Verbrechens oder eines Selbstmords an. Alle schienen den Unfall von der Hand zu weisen, und das regte sie auf.

Ramiro fühlte sich in der Tat unbehaglich, als er wahrnahm, daß die Bemerkungen in seiner Gegenwart weniger laut geäußert wurden. Doch er sagte sich auch, daß seine eigene Paranoia ihn zu diesen Vermutungen veranlaßte.

Und als er zur Haustür hochstieg und am Wohnzimmer vorbeiging, in dem der bereits geschlossene Sarg mit Tennembaums Leiche stand, sagte er sich, daß er sich nie zuvor so sehr gewünscht hatte, wie Minaya Alvar Fáñez zu sein, »der Mann, der alles vorsichtig tut«. Oben wagte er nicht, die Witwe aufzusuchen, und dachte »zum Teufel mit Minaya« in dem Augenblick, als Araceli ihn auftauchen sah und ihm entschlossen entgegenkam. Sie trug ein hauchdünnes, schwarzes, enganliegendes tailliertes Kleid mit einem die Knie bedeckenden Glockenrock. Mit ihrem aufgesteckten schwarzen Haar schien sie aus einem Bild von Romero de Torres zu treten. Ramiro fragte sich, wie soviel Schönheit möglich sei, gepaart mit soviel Durchtriebenheit im Blick, als sie ihn küßte. Sie war dreizehn Jahre alt, doch Scheiße noch eins, wie war sie in den letzten Stunden erwachsen geworden! Er empfand Angst.
Als es ganz dunkel war, wurde die Hitze unerträglich. Viele Leute gingen fort, in ihrem Schlafzimmer weinte unablässig die Witwe. Ramiro fragte sich, ob es Zeit zu gehen sei, als Araceli ihn kurz entschlossen am Arm faßte und sagte: »Geh mit mir spazieren.«
Und sie wandte sich zum Gehen, ohne auf seine Antwort zu warten.
Beide entfernten sich vom Haus auf dem Feldweg, und Ramiro bewahrte hartnäckiges Schweigen, während er Blicke in seinem Rücken spürte und sich sagen mußte, er begehe eine Unklugheit. Doch zugleich warf er sich seine Paranoia vor, denn

die Leute hatten keinen Grund, schlecht von einem kaum dreizehnjährigen Mädchen zu denken, dem gerade der Vater gestorben war, auch nicht von ihm, den sie sicherlich als älteren Bruder ansahen, der in Paris studiert hatte und kürzlich in den Chaco zurückgekehrt war.

Er sah von der Seite zu Araceli hin. Dieses junge Mädchen war fast noch ein Kind, er hatte es jedoch weder eine Träne vergießen noch Ergriffenheit zeigen sehen, wenngleich es ihr nicht an Beweggründen fehlte. Ihr Gesicht war ausdruckslos, so schien es. Nur in der vergangenen Nacht hatte sie sich gewehrt und hatte gekämpft, jetzt war sie stahlhart.

»Die Polizei war da«, sagte sie sehr leise und ohne ihn anzublicken. Sie sagte es wie beiläufig, während sie ging, den Blick auf ihre Fußspitzen geheftet.

Ramiro zog es vor, nicht zu sprechen.

»Sie hat uns Fragen gestellt. Mir, Mama, meinen Brüdern.«

Allmählich bog Araceli vom Weg ab. Ramiro blickte zurück; schon lag das Haus der Tennembaums außer Sichtweite. Araceli schritt auf einen Baum zu, in dessen Nähe Buschwerk und Sträucher zu wachsen schienen. Tiefer drinnen wurde der Pflanzenwuchs dichter und verschmolz mit der Schwärze der Nacht.

»Wonach?«

»Sie wollten wissen, zu welcher Zeit ihr fortgefahren seid. Du und Papa.«

»Und?«

»Niemand konnte es sagen.«
»Auch du nicht?«
»Auch ich nicht.«
»Und du, was hast du gesagt?«
Araceli lehnte sich an den Baum, dessen Stamm leicht gekrümmt war. Sie atmete unruhig.
»Mach dir keine Sorgen.«
Sie fuhr mit den Händen über ihre Schenkel, sanft, anzüglich, von oben bis unten. Ihr Atem ging stärker, mit offenem Mund sog sie die Luft ein. Ramiro nahm wahr, daß sie sich erregte.

»Komm«, sagte sie und zog den Rock hoch. Im schwachen Schein des Mondes sahen ihre Beine vollendet geformt aus, gedrechselt, aus matter Bronze, und Ramiro spürte, daß er losspritzen werde, als er sah, daß sie unter ihrem Kleid nichts anhatte. Ihre Scham war feucht. Sie ging etwas in die Hocke, und Ramiro drang in sie ein, mit animalischem Geröchel, und sagte ihren Namen, Araceli, Araceli, um Gottes willen, du machst mich noch verrückt, Araceli.
Sie bewegten sich wie Tiere, umklammerten sich, verschmolzen wie Kupfer und Nickel, mit brutalen Liebkosungen. Ihre Hände gruben sich in seinen Rücken, und Ramiro spürte auch, wie sie mit den Zähnen in sein Ohr biß, es beleckte, seinen Hals mit Speichel benetzte, während sie vor Lust stöhnte.
Als sie fertig waren, verharrten sie in ihrer Umarmung und horchten auf das eigene Atmen. Ramiro öffnete die Augen und sah den Baumstamm, einen

riesigen Lapacho, und in den Furchen der Rinde schien er die Verhörer wiederzufinden, das Gemisch aus Schrecken und Erregung, das Araceli ihm einflößte. Denn er glaubte zu entdecken, daß er an etwas Bösartiges, Heilloses, Verwünschenswertes gekettet war. Er sah aber auch, daß etwas Verhängnisvolles in seinem eigenen Verhalten lag: Er hatte das junge Mädchen verdorben.

Mit zweiunddreißig fühlte er sich plötzlich erledigt, ruiniert in seinem gesellschaftlichen Aufstieg. Er ahnte das frühzeitige Ende seiner Laufbahn, seiner Eingliederung in den Lehrkörper der Universität, seiner voraussichtlichen Ernennung zum Beamten der Militärregierung als Richter, als Minister. Alle seine Träume lösten sich in nichts auf. Und dieses Kind, diese Halbwüchsige war die, welche ihn mit teuflischer Entschlossenheit in die Tiefe riß. Dabei hätte sie seine Tochter sein können. Schlimmer noch, vielleicht hatte er sie geschwängert. All seine Moral brach zusammen; das war schlimmer, als ein Mörder zu sein. Er vermochte seine eigene Leidenschaft nicht zu zügeln; alle seine Leidenschaften drohten fortan immerfort über die Ufer zu treten, wie jedes Jahr der Paraná. Araceli war unersättlich; sie würde es in zügelloser Weise sein. Und er auch. Sie waren zu jeder Schlechtigkeit fähig, wenn sie zusammen waren. Das Verbrechen bestand darin, so zu leben, erhitzt wie dieser Mond, der Zeuge dieser Umarmung war.

Sie lösten sich voneinander und ordneten stumm ihre Kleider. Sie kehrten zum Haus zurück und

schritten dabei mit der gleichen Bedachtsamkeit aus, mit der sie weggegangen waren.
Auf halbem Wege trat ihnen aus dem Halbdunkel eine Gestalt entgegen. Ramiro straffte sich, als ihm der Gedanke kam, jemand habe sie möglicherweise gesehen. Und blieb entsetzt stehen, als er Inspektor Almirón erkannte.

XV

»Guten Abend«, sagte Almirón. Dann wandte er sich an Araceli. »Guten Abend, Señorita.«
Ramiro und sie begrüßten ihn mit einem Kopfnicken.
»Doktor, Sie müssen uns bitte begleiten.«
»Zu dieser Nachtstunde, Inspektor?«
»Ja, bitte«. Von neuem blickte er Araceli an. »Gehen Sie einfach nach Hause, Señorita Tennembaum.«
Araceli gehorchte gefügig und entfernte sich, ohne sich von jemandem zu verabschieden. Sie gönnte nicht einmal Ramiro einen Blick.
»Ist das eine Verhaftung, Inspektor? Welchem Umstand verdanke ich das?«
»Ich bitte Sie, uns zu begleiten, im Polizeipräsidium sprechen wir gleich darüber.«
»Wieder eine Routinebefragung?«
»Doktor, wir versuchen, sehr diskret zu sein.«
»In diesem Land pflegt die Diskretion nicht gerade das Merkmal der Polizei zu sein, Inspektor.«

»Begleiten Sie uns, bitte.«

Almirón machte kehrt und ging auf einen hellgrünen Falcon zu. Ramiro bemerkte, daß dieser kein Nummernschild trug. Auch sah er, daß auf der anderen Straßenseite ein untersetztes, schwammiges Mannsbild in einem glänzenden dunkelblauen Nylonanzug auftauchte. Zu dritt stiegen sie ins Auto, das von einem weiteren Polizisten gesteuert wurde, einem riesenhaften Dunkelhäutigen in Hemdsärmeln und mit einem schweißnassen Taschentuch in der Hand.

Sie fuhren nach Resistencia in völligem Stillschweigen. Ramiro zog es vor, nicht auf seinen Fragen und auch nicht auf seinen spöttischen Anspielungen zu beharren. Die Stimmung in dem Falcon war trotz der Nachthitze eisig, so daß er sich darauf beschränkte, durchs Fenster den Mond zu betrachten. Es war heiß; im ganzen Land war es in diesem Dezember heiß. Er dachte an Araceli, dachte an die Klemme, in die er geraten war, und bekam es mit der Angst.

Als sie vor dem Polizeipräsidium ankamen, führten Almirón und der untersetzte Mann ihn in den Raum, in dem er zur Mittagszeit gewesen war. Eine Hundert-Watt-Birne erleuchtete taghell das Zimmer und verbreitete glühende Hitze. Sie hießen ihn auf einem Stuhl Platz nehmen. Almirón setzte sich rittlings auf den anderen, vor ihm die Lehne, und begann seine Hände zu betrachten, als wolle er sagen, er verfüge über alle Zeit in der Welt. Der andere blieb an der halbgeschlossenen Tür stehen.

PIPER

Die neuen Bücher
Herbst 1986
mit den Neuerscheinungen
Frühjahr 1986

Jelena Bonner

Gert Heidenreich

Alexander Solschenizyn

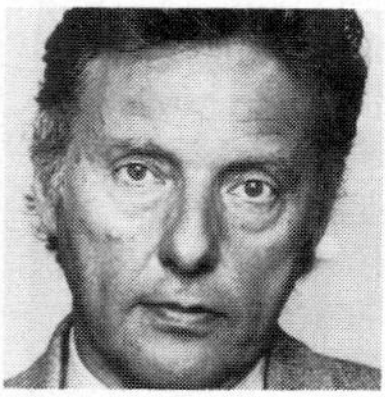
Joachim Kaiser

Mempo Giardinelli

Martin Gregor-Dellin

Paul Watzlawick

Emilio Segrè

Brigitte Hamann

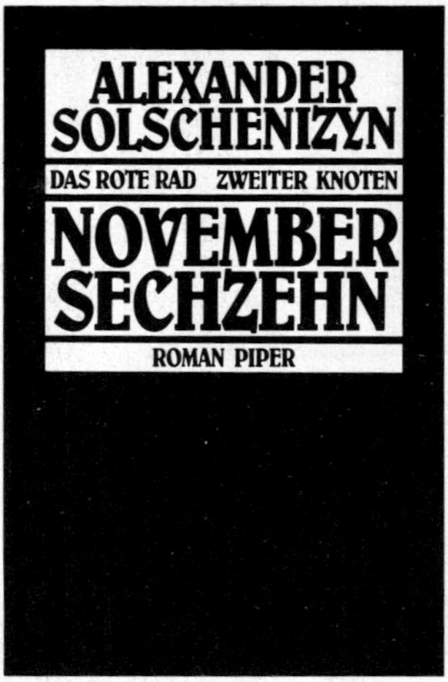

Alexander Solschenizyn
Das Rote Rad
Zweiter Knoten
November sechzehn
Roman
Aus dem Russ. von Heddy Pross-Weerth. Mit einer Nachbemerkung des Autors, Karten, Anmerkungen und Register. 1119 Seiten.
Leinen DM 78.–
Zehn Jahre sind seit dem Erscheinen des dritten Bandes des »Archipel Gulag« vergangen, dessen deutsche Gesamtauflage über 4 Millionen beträgt. Jetzt erscheint mit »November sechzehn« der »Zweite Knoten« des auf 8 Bände angelegten Romanzyklus »Das Rote Rad« – der umfassenden literarischen Darstellung der russischen Revolution und ihrer Vorgeschichte.

»Eine wahrhaftige Enzyklopädie des russischen Lebens vor der Revolution, ein tiefgründiges Porträt, in dem sich Weltgeschichte und Liebesgeschichte begegnen.«
Georges Nivat, L'Express

Mempo Giardinelli
Heißer Mond
Luna caliente
Roman
Aus dem argentinischen Span. von Curt Meyer-Clason.
130 Seiten. Geb. DM 22.–
»Heißer Mond« ist die psychologische Studie eines Mörders, die ausweglose Geschichte einer sexuellen Obsession. Von Anfang an ist sich Ramiro völlig bewußt, daß er in sein Verderben rennt. Die Begegnung mit der dreizehnjährigen Araceli steht unter dem Zeichen der unmäßigen Hitze des argentinischen Sommers, des weißglühenden Chacomondes.

Zsuzsanna Gahse
Abendgesellschaft
107 Seiten. Geb. DM 22.–
Zsuzsanna Gahse, Preisträgerin beim Ingeborg-Bachmann-Wettbewerb in Klagenfurt 1986, läßt die Gäste einer Abendgesellschaft auftreten: in Betrachtungen über sich selbst und die anderen.

Karl Valentin
Mein komisches Wörterbuch
Herausgegeben von Dieter Wöhrle. Mit 25 Illustrationen von Borislav Sajtinac. 127 Seiten. Geb. DM 19.80
Karl Valentins unübertroffen unordentliche Gedankenwelt wird hier zum ersten Mal in lexikalischer Sortierung präsentiert – kongenial illustriert von dem ebenso querdenkenden Zeichner Borislav Sajtinac.

Harald Hartung
Traum im Deutschen Museum
Gedichte 1965–1985
154 Seiten. Geb. DM 28.–
Hier liegt zum ersten Mal die Summe von Hartungs lyrischem Werk vor. Neben den wichtigsten Arbeiten aus den früheren Bänden enthält »Traum im Deutschen Museum« eine Reihe neuer Gedichte aus den Jahren 1978–1985.

<u>Illustrierte Geschenkbände:</u>

Ingeborg Bachmann
Daß noch tausend und ein Morgen wird
Auswahl und Einführung von Christine Koschel und Inge von Weidenbaum. Mit 12 Farbfotos von Erika Hausdörffer und Alfred Darda. 89 Seiten. Geb. DM 28.–
Eine Auswahl aus dem Werk von Ingeborg Bachmann, in der sich die leidenschaftlich beschworene Einheit von Leben, Liebe und Schreiben manifestiert – eindrucksvoll illustriert durch die Farbfotos von Erika Hausdörffer und Alfred Darda.

Bin ich denn nicht auch ein Kind gewesen?
Deutsche Gedichte über Kinder
Mit 16 farbigen Gemäldereproduktionen. Herausgegeben von Walter Flemmer. Ca. 160 Seiten. Geb. ca. DM 28.–
(September)
Die schönsten deutschen Kindergedichte vom Barock bis zur Gegenwart in einem sorgfältig ausgestatteten Lesebuch, illustriert mit berühmten Kinderbildnissen der europäischen Malerei.

Lutz Rathenow/Harald Hauswald
Ostberlin – Die andere Seite einer Stadt in Texten und Bildern
Ca. 150 Seiten mit ca. 100 s/w Fotos. Geb. ca. DM 34.–
(September)
Poesie und Prosa einer Stadt, eingefangen in den Texten eines Schriftstellers und den Bildern eines Fotografen: das Berlin jenseits der Mauer, jenseits der offiziellen Selbstdarstellung.

Peter B. Medawar/
Jean S. Medawar
Von Aristoteles bis Zufall
Ein philosophisches Lexikon der Biologie
Aus dem Engl. von Friedrich Griese. Ca. 350 Seiten. Geb. Ca. DM 39.80
(September)
»Im Geist Voltaires« (New York Times) haben die Biologen Peter B. Medawar (Nobelpreis für Medizin 1960) und seine Frau Jean S. Medawar ein »Wörterbuch« für die Wissenschaften vom Leben geschaffen – geistreich, witzig und kompetent.

Irenäus Eibl-Eibesfeldt
Grundriß der vergleichenden Verhaltensforschung – Ethologie
Siebte, völlig überarbeitete und erweiterte Auflage. Ca. 800 Seiten mit ca. 700 Abbildungen und 8 Farbtafeln. Geb. ca. DM 148.–
(Oktober)

<u>Sonderausgaben '86:</u>

Werner Heisenberg
Der Teil und das Ganze
Gespräche im Umkreis der Atomphysik
6., um einen Bildteil erweiterte Auflage. 334 Seiten mit ca. 15 Abbildungen. Geb. DM 36.–
(September)

Hans Küng
Ewiges Leben?
3. Auflage. 70. Tsd. 1983.
327 Seiten. Sonderausgabe. Geb. DM 19.80

Rupert Riedl
Die Strategie der Genesis
5. Auflage. 20. Tsd. 1986.
381 Seiten. Sonderausgabe. Geb. DM 29.80

Steven Weinberg
Die ersten drei Minuten
Der Ursprung des Universums
Vorwort von Reimar Lüst.
269 Seiten mit 21 Abbildungen. Sonderausgabe. Geb. DM 24.80

<u>Neuauflage:</u>
Ilya Prigogine/Isabelle Stengers
Dialog mit der Natur
Neue Wege naturwissenschaftlichen Denkens
5. erweiterte Auflage. Ca. 350 Seiten mit 26 Zeichnungen. Geb. ca. DM 44.–
(Oktober)

Dr. med. dent. Hanns-W. Hey
Gesunde Zähne
Pflege – Vorbeugung – Erkrankung – Behandlung
Ca. 320 Seiten mit 19 farbigen und 85 s/w Abbildungen. Geb. ca. DM 36.–
(September)
Der praktizierende Zahnarzt Dr. Hanns-W. Hey – einem großen Leserkreis durch die kritische SPIEGEL-Serie »Gutes Geld für schlechte Zähne« bekannt – erklärt Funktionen und Erkrankungen des Mund-Kiefer-Bereichs und gibt Ratschläge zur Vorbeugung von Zahnerkrankungen.

Prof. Dr. Hans A. Bloss
Bewegung gegen Herzinfarkt
So können Sie einem Herzinfarkt vorbeugen oder seine Folgen überwinden
Mit einem Vorwort von Prof. Dr. med. Gotthard Schettler. Ca. 300 Seiten mit ca. 40 Zeichnungen. Brosch. ca. DM 29.80
(September)
Fehlende oder unzureichende Bewegung ist der wichtigste Grund für die ständig wachsende Zahl von Herz- und Kreislauferkrankungen, die die Todesursache bei über 50 % der Bundesbürger darstellen. Der Autor, Professor für Sportwissenschaft, zeigt den Zusammenhang zwischen richtiger Bewegung und Gesundheit auf und gibt gezielte praktische Anleitungen für gesundheitssportliche Übungen.

John D. Barrow/Joseph Silk
Die asymmetrische Schöpfung
Ursprung und Ausdehnung des Universums
Mit einem Vorwort von Rudolf Kippenhahn. Aus dem Engl. von Gerda Kurz und Siglinde Summerer. 268 Seiten mit 27 Abbildungen, Glossar und Register. Geb. DM 44.–

Klaus von Beyme
Vorbild Amerika?
Der Einfluß der amerikanischen Demokratie in der Welt
175 Seiten. Brosch. DM 28.–
Der Autor zeigt auf, wie das amerikanische Demokratiemodell die Verfassungsordnungen in aller Welt beeinflußt hat. Schließlich geht er den Konflikten nach, in die die USA durch ihre Weltmachtrolle geraten.

Sonderausgaben '86:

Frederick Forsyth
Des Teufels Alternative
Roman
512 Seiten. Sonderausgabe. Geb.
DM 24.80

Frederick Forsyth
In Irland gibt es keine Schlangen
Zehn Storys
323 Seiten. Sonderausgabe. Geb.
DM 19.80

Richard Friedenthal
Karl Marx
Sein Leben und seine Zeit
652 Seiten mit 16 Seiten Abbildungen auf Kunstdruck, 6 Faksimiles im Text und Register. Sonderausgabe. Leinen. DM 29.80

Martin Gregor-Dellin
Richard Wagner
Eine Biographie in Bildern
220 Seiten mit 325, teils farbigen Abbildungen. Sonderausgabe. Leinen. DM 39.80

Salman Rushdie
Mitternachtskinder
Roman
612 Seiten. Sonderausgabe. Geb.
DM 19.80

Russische Lyrik
Gedichte aus drei Jahrhunderten. Ausgewählt und eingeleitet von Efim Etkind. 575 Seiten. Sonderausgabe. Leinen. DM 29.80

Giuseppe Tomasi di Lampedusa
Der Leopard
Roman
198 Seiten. Sonderausgabe. Geb.
DM 19.80

Fruttero & Lucentini
Der Palio der toten Reiter
Roman
Aus dem Ital. von Burkhart Kroeber.
200 Seiten. Geb. DM 29. 80

Klaus Bädekerl
Die Frau der Träume
Roman
344 Seiten. Geb. DM 36.–

Anita Brookner
Hotel du Lac
Roman
Aus dem Engl. von Dora Winkler.
231 Seiten. Geb. DM 32.–

Hilde Domin
Das zweite Paradies
Roman in Segmenten
198 Seiten. Leinen. DM 28.–

Monika Helfer
Mulo
Eine Sage
148 Seiten. Geb. DM 22.–

Jürg Altwegg
Die Republik des Geistes
Frankreichs Intellektuelle zwischen Revolution und Reaktion
400 Seiten. Geb. DM 39.80

Uwe Backes/Karl-Heinz Janßen/Eckhard Jesse/Henning Köhler/Hans Mommsen/Fritz Tobias
Reichstagsbrand – Aufklärung einer historischen Legende
326 Seiten. Brosch. DM 36.–

Thea Bauriedl
Die Wiederkehr des Verdrängten
Psychoanalyse, Politik und der Einzelne
250 Seiten. Brosch. DM 28.–

Volkmar Braunbehrens
Mozart in Wien
508 Seiten mit 42 Abbildungen. Leinen. DM 48.–

Felix von Cube/Dietger Alshuth
Fordern statt Verwöhnen
Die Erkenntnisse der Verhaltensbiologie in Erziehung und Führung
299 Seiten. Brosch. DM 29.80

Gerhard Dambmann
Gebrauchsanweisung für Hongkong und Macao
158 Seiten. Mit 14 Abbildungen. Brosch. DM 19.80

Anne-Lydia Edingshaus
Heinz Maier-Leibnitz – Ein halbes Jahrhundert experimentelle Physik
307 Seiten mit 30 Abbildungen. Geb. DM 39.80

Stefan M. Gergely
Wie der Computer den Menschen und das Lernen verändert
Ein kritischer Ratgeber für Eltern, Lehrer und Schüler
314 Seiten. Brosch. DM 32.–

Martin Greiffenhagen
Von Potsdam nach Bonn
Zehn Kapitel zur politischen Kultur Deutschlands
246 Seiten. Brosch. DM 32.–

Werner Heisenberg
Gesammelte Werke
Band IV: **Autobiographisches, Laudationes, Buchbesprechungen, Kernphysik, Münchener Festrede u. a.**
505 Seiten. Leinen. DM 78.–

Bernd-Olaf Küppers
Der Ursprung biologischer Information
Zur Naturphilosophie der Lebensentstehung
Vorwort von Carl Friedrich von Weizsäcker. 319 Seiten mit 26 Abbildungen und 5 Tabellen. Geb. DM 39.80

Konrad Lorenz
So kam der Mensch auf den Hund
Hundegeschichten
187 Seiten mit 101 Zeichnungen von Konrad Lorenz. Geb. DM 28.–

Heinz Maier-Leibnitz/Traude Cless-Bernert
Mikrowellen-Kochkurs für Füchse
259 Seiten. Geb. DM 32.–

Prof. Dr. med. Hellmut Mehnert
Der Mensch ist so gesund wie sein Stoffwechsel
Was ist Stoffwechsel? – Richtige und falsche Ernährung – Fettsucht/Magersucht – Vitaminmangelzustände – Fettstoffwechselstörungen – Gicht – Diabetes mellitus – Seltene Stoffwechselerkrankungen.
208 Seiten mit 14 Abbildungen und 23 Tabellen. Geb. DM 32.–

Yehudi Menuhin
Kunst als Hoffnung für die Menschheit
Reden und Schriften. Mit einer Laudatio von Pierre Bertaux
Ausgewählt, eingeleitet und aus dem Engl. übersetzt von Horst Leuchtmann. 228 Seiten mit 14 Fotos. Leinen. DM 34.–

Herbert Meschkowski
Jeder nach seiner Façon
Berliner Geistesleben von 1700 bis 1810
303 Seiten mit 29 Abbildungen im Text und 8 Fotos auf Tafeln. Leinen. DM 39.80

Pipers Wörterbuch zur Politik
Herausgegeben von Dieter Nohlen
Band 4 Sozialistische Systeme
Politik – Wirtschaft – Gesellschaft
Herausgegeben von Klaus Ziemer. 590 Seiten. Brosch. Bei Einzelbezug DM 76.–, bei Abnahme des Gesamtwerks DM 68.–

Pipers Handbuch der Politischen Ideen
Herausgegeben von Iring Fetscher und Herfried Münkler
Band 4 Neuzeit: Von der Französischen Revolution bis zum europäischen Nationalismus
647 Seiten. Leinen. Bei Einzelbezug DM 85.–, bei Abnahme des Gesamtwerks DM 78.–

Joseph Rovan
Zwei Völker – eine Zukunft
Deutsche und Franzosen an der Schwelle des 21. Jahrhunderts
205 Seiten. Brosch. DM 28.–

Michael Stürmer
Dissonanzen des Fortschritts
Essays über Geschichte und Politik in Deutschland
336 Seiten. Geb. DM 39.80

Klaus Viedebantt
33mal Neuseeland und Polynesien
408 Seiten mit 29 Fotos. Geb. DM 44.–

Autorenfotos von: Sobol, Ohlbaum, Tregubov, Beer, Carcova, Meller-Marcovicz, Piper Verlag, Bartl

SERIE PIPER

Die Taschenbuchreihe mit dem breiten Spektrum – Autoren von Rang – Themen unserer Zeit
Bitte fordern Sie unser ausführliches Taschenbuchverzeichnis an

Bestellungen über Ihren Buchhändler:

Prospekte erhalten Sie kostenlos vom R. Piper GmbH & Co. KG Verlag, Postf. 430 120, 8000 München 40.

Bestell-Nr. 90001 Preisänderungen und Irrtümer vorbehalten. Stand Juli 1986

»Schauen Sie, Doktor«, sagte Almirón und ließ einen tiefen Seufzer vernehmen, was dramatisch klingen sollte, »ich werde mich klar und deutlich äußern: In diesem Fall gibt es einen Haufen Dinge, die nicht miteinander übereinstimmen. Erzählen Sie mir noch einmal mit allen Einzelheiten, was Sie gestern abend gemacht haben.«

Ramiro gehorchte. Geraume Zeit wiederholte er mit fester Stimme alles, was er bereits erzählt hatte. Er führte Einzelheiten aus, berichtete über die Begegnung mit der Polizeistreife und erklärte, worüber sie, Tennembaum und er, geredet hatten: von der Freundschaft des Arztes mit seinem Vater, von Foucault (Ramiro nahm als selbstverständlich an, daß Almirón keine Ahnung hatte, wer das war, jedoch diente ihm der Name dazu, wieder einmal seine Rückkehr aus Paris anzubringen); und er schloß mit den Worten, seine Mutter könne bestätigen, um welche Uhrzeit er nach Hause gekommen sei. Als er endete, empfand er Befriedigung über seinen Bericht.

»Soll ich Ihnen die Wahrheit sagen, Doktor?« sagte Almirón, mehrmals mit dem Kopf nickend.

Ramiro blickte ihn stirnrunzelnd an.

»Ich glaube, daß alles, was Sie erzählen, bis zu 99 Prozent richtig ist. Mich beschäftigt das verbleibende eine Prozent.«

Ramiro blickte ihn weiterhin an, ohne zu antworten. Er war zwar eingekreist, aber Schweigen war seine Trumpfkarte. Er würde ganz einfach auf seinem Wortlaut beharren. Er würde ihn zwanzigmal wiederholen können, davon würde er sich nicht abbringen lassen. Je häufiger er ihn wiederholte, desto sicherer würde er davon überzeugt sein, daß die Dinge so gelaufen waren. Und wollte man ihn unmittelbar beschuldigen, würde seine Antwort kategorisches Leugnen sein. Er würde leugnen und immer wieder leugnen.

Almirón begann von neuem:

»Es fällt auf, daß im Wagen mehr Fingerabdrücke von Ihnen sind als von Tennembaum. Am Steuerrad und an der Gangschaltung.«

»Wer den Wagen fast die ganze Zeit gesteuert hat, war ich.«

»Aber Ihrem Bericht zufolge können Sie gar nicht wissen, wie lange Tennembaum gefahren ist«, warf der Inspektor ein.

Ramiro sagte sich, er sei ein Idiot. Er durfte nicht zuviel reden.

»Sie haben mir gesagt, daß er irgendwo aufgeprallt ist oder sonst was. Dann muß er doch lange genug gefahren sein, oder nicht?«

»Sehr richtig, darum fällt mir auf, daß so wenig Spuren von ihm vorhanden sind. Als habe man ihn schlagartig eingeschläfert« – und dabei blickte er Ramiro in die Augen – »und sofort seine Hände aufs Steuer gelegt, um seine Spuren einzudrücken.«

Ramiro zuckte mit den Achseln, doch insgeheim verspürte er große Angst. Er sog den Speichel ein und blickte auf die Glühbirne, um sich abzulenken.

»Und noch etwas« – Almirón sprach langsam, als sei er völlig erschöpft, mit einer Spur Resignation –, »denn mir kommt der Verdacht, daß man

Tennembaum vors Steuer gesetzt hat. Haben Sie nicht gesehen, ob er jemand anderen ins Auto einsteigen ließ, nachdem er Sie vor Ihrem Haus verlassen hat?«

»Nein. Wäre es so gewesen, ich hätte es Ihnen gesagt.«

»Klar.«

Almirón zündete sich eine neue Zigarette an. Ihm bot er keine an.

»Und das Untersuchungsprotokoll sagt, die Leiche habe eine Prellung wie von einem Faustschlag gehabt, hier, am Kinn.« Und er versetzte dem seinen zwei Schläge mit der Handfläche. »Meiner Auffassung nach hat man ihn geschlagen, um ihn zu betäuben, dann hat man ihn vors Steuer gesetzt und den Wagen in Fahrt gebracht.«

»Sie haben viel Phantasie«, war Ramiro versucht zu sagen. Aber er hatte sich geschworen, nur noch auf konkrete Fragen zu antworten. Trotzdem hob er den Kopf und sagte:

»Glauben Sie, ich hätte ihn getötet?«

Almirón blickte ihn an, und beide hielten gegenseitig ihre Blicke einige Sekunden lang aus. Ramiro sagte sich, dieser Mann sei schlau und alles andere als ein Dummkopf.

»Irgendwie habe ich den Verdacht, daß es so ist, was soll ich Ihnen sagen« – der Kerl schien zu bedauern, was er sagte –, »aber ich kann es nicht beweisen. Ich finde keinen Beweggrund dafür, daß Sie es getan haben könnten, auch wenn ... Schauen Sie, Sie sind ein junger brillanter Mann, haben in Frankreich studiert, das ist nicht alltäglich in dieser

Gegend. Und kommen in einem für dieses Land ganz besonderen Augenblick zurück. Ich habe gehört, daß Sie Universitätsprofessor werden wollen, Sie haben einen guten Leumund, verfügen über glänzende Beziehungen, Verbindungen, sind von alledem, was bei uns vorgeht, gänzlich unbelastet... Außerdem haben wir bestätigt gefunden, daß Sie seit vielen Jahren mit der Familie Tennembaum befreundet sind. Drum kann ich mir nicht erklären, aus welchem Grund Sie diesen Dorfarzt hätten umbringen sollen. Auch wenn... Welche Beziehung haben Sie zu Señorita Tennembaum?«
Ramiro mußte sich beherrschen, um nicht von seinem Stuhl aufzuspringen. Er fühlte jedoch, wie seine Muskeln da unten sich zusammenzogen. Er dachte bei sich, jetzt könne er mit dem nackten Hintern einen Draht durchschneiden.
»Wir sind befreundet. Familienhalber. Als ich aus dem Chaco abreiste, war sie noch sehr klein. Ich habe sie erst gestern abend wiedergesehen.«
»Sie ist sehr schön, nicht?« Almirón blickte ihn an, mit hochgezogener Braue. Er lächelte nicht, doch Ramiro schien es so.
»Ja, sehr schön.«

XVI

Wieder blickten sie einander an, einige Augenblicke lang, bis Ramiro sich vorwarf, wie töricht es sei, den Mutigen zu spielen. Er müßte Natürlichkeit vortäuschen, fand sie aber nicht. Er konnte sie

nicht finden. Wenigstens, so empfahl er sich, müßte er den Gelangweilten spielen; er schlug die Beine übereinander und lehnte sich im Stuhl zurück.
»Da ist jemand, der Sie sprechen möchte«, sagte Almirón. Er stand auf und rief den untersetzten Kerl. Er machte ihm ein Zeichen, der andere verstand. Und verließ den Raum, fast rennend. Ramiro erschrak. Sein Herz schlug heftig.
Gleich darauf trat ein mittelgroßer Mann ein, sehr schlank, noch schlanker als Almirón. Er mochte etwa fünfzig Jahre alt sein. Er trug eine cremefarbene Leinenhose, ein himmelblau-weißgestreiftes, makellos gebügeltes Hemd und ein leuchtendes seidenes Halstuch. Er war ein bronzegebräunter Lebemanntyp, seine dicke Oberlippe zierte ein Schnurrbärtchen mit einigen grauen Haaren, die zu denen seines Backenbartes paßten. Auf dem linken Ringfinger saß ein riesiger Siegelring aus massivem Gold.
Er setzte sich auf den Schreibtisch und begann mit einem Bein zu baumeln. Nach dem Dünkel und dem sicheren Auftreten des Typs zu schließen, sagte sich Ramiro, könne er nur ein Militär sein.
»Wissen Sie, wer ich bin?«
»Ich habe nicht das Vergnügen gehabt.«
»Oberstleutnant Alcides Carlos Gamboa Boschetti.«
Ramiro hob eine Braue.
»Sagt Ihnen das nichts?«
»Nein, bedaure.«
»Klar, Sie sind neu hier, eben erst angekommen.

Ich bin der Polizeichef der Provinz.«
Der Typ schien von sich selbst fasziniert.
»Sehr erfreut«, sagte Ramiro.
Der Mann nickte mehrmals. Dann schürzte er die Lippen, während er sich übers Kinn strich.
»Sie sitzen übel in der Patsche, Doktor Bernárdez.«
»Ich bin mir dessen bewußt, aber was, bitte, soll ich tun. Ich habe schon zweimal gesagt, was ich zu sagen hatte, und mir scheint, daß Inspektor Almirón mir nicht glaubt.«
»Das ist nicht der Punkt«, sagte der Militär in vertraulichem, fast freundschaftlichem Ton und seufzte. »Ich werde es Ihnen klar und deutlich vor Augen führen: Wir wissen, daß Sie Doktor Tennembaum getötet haben. Es zu beweisen, würde uns mehr oder weniger Arbeit aufhalsen. Doch das ist das wenigste. Wenn die Polizei hier etwas nachweisen will, tut sie das und basta, verstehen Sie mich. Denn glauben Sie ja nicht, daß wir hier in Frankreich sind, Doktor; nein, wir sind hier in einem Land im Kriegszustand, zwar ein interner Krieg, aber immerhin Krieg. Kapiert? Darum möchte ich, daß wir uns verstehen.«
»Ich habe niemanden getötet.«
»Mein lieber Doktor Bernárdez, wenn ich sage, ich möchte, daß wir uns verstehen, will ich damit sagen, daß wir *wissen,* daß Sie Tennembaum getötet haben. Wir vermuten es nicht. Es ist nicht ganz klar, warum Sie es getan haben, und mir, ich will ganz ehrlich sein, kommt es wenig darauf an, es herauszubringen. Wenn wir uns wirklich vornehmen, Sie zum Sprechen zu bringen« – er machte

eine Pause –, »müssen Sie wissen, daß uns das gelingen wird. Wir haben Mittel und Wege... Also?«

Ramiro fühlte einen Kälteschauer. Er erinnerte sich an die Denunzierungen, von denen er in Paris gehört und gelesen hatte, durch die Exilierten. Nie hatte er das geringste von den erwähnten Greueltaten geglaubt. In die Enge getrieben, beschloß er, alles aufs Spiel zu setzen.

»Wird man mich foltern, Oberstleutnant? Ich glaubte, diese Methoden seien auf die Guerilleros beschränkt. Oder auf die, welche Sie als Subversive einstufen.«

»Ich würde es anders ausdrücken, doch das ist kein Thema, das ich mit Ihnen diskutiere. Was ich sagen will, ist, daß« – er zögerte einen Augenblick –, »daß es bedauerlich ist, daß gerade Sie in dieses Verbrechen verwickelt sind.«

»Warum ›gerade ich‹?«

»Weil wir uns viel von Ihnen erhofft hatten. Wir haben keinen Überfluß an gut ausgebildeten und ideologisch unverseuchten Männern.«

»Was heißt das?«

»Nochmals will ich klar und deutlich sein, Doktor Bernárdez: Sie werden nicht nur dank Ihrer Studienausbildung in die Universität aufgenommen, auch nicht dank Ihrer Titel. In dem Prozeß, in dem wir als Streitkräfte eingesetzt sind, ist dergleichen ohne unsere Zustimmung nicht möglich. Sie werden das sein, was ich einen Mann der Reserve nennen würde, eine Person unter Beobachtung. Der uns sehr interessiert. Und bisher war Ihr Leumund makellos. Sind Sie sich dessen bewußt? Und dieser . . ., sagen wir es ruhig, dieser Mord bringt alles durcheinander. Daher möchte ich, daß wir uns verstehen, und ich will es Ihnen ein für allemal sagen: Wenn Sie gestehen, können wir Ihnen helfen.«

»Ich glaube, ich verstehe nicht, was Sie mir vorschlagen, auch für den Fall, daß ich der Mörder wäre . . .« Ramiro kämpfte darum, nicht die Fäuste zu ballen, sich nicht an den Stuhl zu klammern; er war zu Tode erschrocken.

»Ich will damit sagen: Wenn Sie gestehen, können wir die Dinge regeln. Sie auf jede mögliche Weise mildern.« Er betonte das »jede«. »Bilden Sie sich ein, daß bei irgendeinem nebensächlichen Verbrechen, wie sie hier vorkommen, bei dem Mord an einem Bischof, der Polizeichef angelaufen kommt und mit der Verdachtsperson redet, wie? Sie werden begreifen, daß ich meine Aufmerksamkeit wichtigeren Dingen widmen muß, Problemen politischer Art, von nationalem Interesse. Wenn ich also komme und Sie aufsuche, so, weil Sie uns interessieren. Uns interessieren *Sie,* nicht dieser Trunkenbold. Und weil ich Ihnen helfen kann. Ich *will* Ihnen helfen, verstehen Sie mich?«

»Ich habe niemanden getötet.«

»Teufel noch mal, Bernárdez!« Er zupfte sein Halstuch zurecht. »Alles, was Sie zu tun haben, ist gestehen, und die Sache geht in Ordnung. Ich regle sie. Und hinterher reden wir, denn wir befinden uns in einem langfristigen Prozeß, begreifen Sie das bitte. Ein Prozeß, in dem der wirkliche Feind die Subversion ist, der internationale Kommunismus, die weltweit organisierte Gewalt. Unser Ziel ist, den Terrorismus auszurotten, um eine neue Gesellschaft aufzubauen. Und wenn ich Sie bitte zu gestehen, so, weil wir uns auch jedweden Verbrechens annehmen müssen, was immer seine Ursache sein mag, weil wir eine wohlgeordnete Gesellschaft aufbauen müssen. Aber es handelt sich um eine Ordnung, in der wir keine Mordtaten zulassen können, und viel weniger von Leuten, die unsere Freunde sein können. Verstehen Sie mich? Noch dazu ist ein Mord ein Mangel an Achtung, er ist ein Anschlag auf das Leben. Und Leben und Eigentum müssen ebenso geheiligt sein wie Gott selbst.«

»Aber ich habe Tennembaum nicht getötet. Und genausowenig weiß ich, ob ich mit Ihnen zusammenarbeiten würde.«

»Das wäre abzuwarten. Denn in diesem Land ist man heute entweder für uns, oder man ist gegen uns. Es gibt keine Neutralen.«

Ramiro verstummte. Gamboa Boschetti strich mit beiden Händen über seinen Schnurrbart, jeweils nach einer Seite. Dann zog er ein nach Lavendel duftendes Taschentuch aus einer Tasche und trocknete sich die Stirn. Gleich darauf sprach er wieder, in freundschaftlichem Ton:

»Schauen Sie, es kommt jetzt nur darauf an, daß Sie kurzerhand gestehen, und wir regeln die Dinge auf bestmögliche Weise. Wir möchten natürlich nicht, daß ein Makel an Ihnen zurückbleibt.«

Ramiro verging fast vor Verlangen zu fragen, was im gegenteiligen Fall geschehen würde, wenn er nicht gestand, doch das hätte geheißen, sich zu verraten. Er war entsetzt über die Worte dieses tadellos aussehenden, verführerischen, vertrauensvoll redenden Mannes. Doch die Angst war nach wie vor sein vorherrschendes Gefühl, und merkwürdigerweise schien seine beste Karte, Schweigen zu bewahren. Wieder sagte er sich, daß ihm nichts nachzuweisen war; Tatsache war, daß sie, solange sie keinen Beweggrund fanden, das heißt, solange sie nicht von dem Vorfall mit Araceli erfuhren, eine Anklage wegen Mord nicht aufrechterhalten konnten. Wahrscheinlich war er der letzte Mensch im Chaco, der einen Beweggrund haben konnte, Tennembaum zu töten. Natürlich müßte er später mit dem jungen Mädchen über die gebotene Geheimhaltung sprechen, doch das war ein anderes Thema. Überdies, auch wenn sie ihn bis zum Wahnsinn erregte, war er nicht sicher, ob er die Verbindung aufrechterhalten wollte. Doch all das hatte Zeit. Vorläufig würde er weiter leugnen, auch wenn Gamboa Boschetti mit seiner Drohung, ihn der Folter auszuliefern, deutlich genug gewesen war.

»Was haben Sie mir zu sagen?« fragte der Militär.

»Ich weiß nicht, was für eine Erklärung Sie von mir erwarten, Oberstleutnant.«

»Wollen Sie gestehen?«

»Ich habe nichts zu gestehen.«

»Sie sind dickköpfig, wie?« Dem Typ schien der Fall Spaß zu machen. »Aber schauen Sie: Wir haben andere Mittel, die Sie zum Sprechen bringen werden, Bernárdez. Und nicht nur die, die Sie sich vorstellen, die können warten ... Wir haben einen Lastwagenfahrer, zum Beispiel ...«

XVII

Ramiro fühlte wieder, wie sein Hintern sich verkrampfte. Sein Herz schien stehenzubleiben. Doch da er bereits angespannt war, dachte er, nach dem Tiefschlag des Militärs würde er nicht noch angespannter wirken. Hätte man in diesem Augenblick bei ihm das Adrenalin gemessen, so sagte er sich, es hätte fast das Blut verdrängt. Er war wie gelähmt, versuchte, nicht zu atmen, während Gamboa anordnete, man solle den Zeugen vorführen.

Der Mann betrat das Büro, gefolgt von Almirón. Er war kleiner, als Ramiro vermutet hatte, doch ebenso stark wie muskulös. Seine Arme waren beeindruckend und dazu seine Tätowierung: ein Herz mit Anfangsbuchstaben. Er trug ein kurzärmeliges Leinenhemd, völlig abgetragene Jeans und Hanfschuhe. In der Hand hielt er ein Tirolerhütchen aus wasserdichtem Stoff mit einem Federchen auf der Seite, überaus lächerlich für diese glutheiße Sommernacht. Er hatte Angst, augenscheinlich hatte er Angst, im Polizeipräsidium zu sein.

»'n Abend«, sagte er mit furchtsamer Stimme.

Vom Schreibtisch aus, hinter dem er nach wie vor saß, und unablässig mit einem Bein wippend, schleuderte Gamboa ihm ins Gesicht:

»Kennen Sie diesen Mann?« Und deutete auf Ramiro.

Der Typ hantierte mit seinem Hütchen, das er gegen seinen Magen preßte. Er zog ein wenig die Schultern ein, blickte Ramiro an und musterte ihn. Dieser blickte ihn gleichfalls an und sagte sich, verraten und verkauft, ich hab' verspielt. Leicht hochmütig hob er das Kinn und vertraute darauf, das Aussehen eines Universitätsmenschen, sauber gekleidet und gut gekämmt, würde den Lastwagenfahrer einschüchtern.

»Ich bin nicht sicher.«

»Stellen Sie sich hin«, befahl Gamboa Ramiro mit trockener Stimme.

Ramiro stand auf.

»Gehen Sie im Zimmer auf und ab.«

Ramiro tat es. Gamboa wandte sich wieder an den Lastwagenfahrer.

»Und, erkennen Sie ihn?«

»Er sieht ihm ähnlich, Señor, aber... Eigentlich bin ich nicht sicher. Es war sehr dunkel, und ich war zerstreut.«

»Scheiße noch eins, Sie saßen doch eine Weile neben ihm, oder? Daß er ihm ähnlich sieht, damit kommen wir nicht weiter. Entweder er ist es, oder er ist es nicht.«

Der Lastwagenfahrer wirkte ebenso verschreckt wie Ramiro. Unaufhörlich drehte er hysterisch sein Tirolerhütchen in der Hand. Er streckte die Zunge heraus und fuhr damit über die Lippen.

»Vielleicht, wenn der Señor spricht...«

»Sagen Sie etwas«, herrschte Gamboa Ramiro an.

»Ich weiß wirklich nicht, was ich Ihnen sagen soll, Oberstleutnant.« Ramiro wählte seine Worte und sprach sie genau aus, fast akademisch genau. »Ich habe diesen Mann nie in meinem Leben gesehen, und ich weiß wirklich nicht, was Sie vorhaben.«

Als er geendet hatte, war er stolz auf seine kleine Ansprache.
»Und?« drängte Gamboa den Lastwagenfahrer.
»Nein, Señor, die Person, die ich mitgenommen habe, war ein Paraguayer. Der Señor ähnelt ihm, aber er spricht nicht wie der, den ich mitgenommen habe.«
»Jeder kann einen Paraguayer nachmachen«, warf Almirón hinter dem Lastwagenfahrer ein, der sich erschreckt umdrehte, als habe er die Stimme Gottes vernommen.
»Vergessen Sie, wie er spricht«, sagte Gamboa und blickte dem Kerl eiskalt in die Augen. »Würden Sie sagen, es ist die Person, die Sie mitgenommen haben, oder nicht?«
»Also ... Mir scheint, er war aus einer anderen Gesellschaftsschicht. Dieser Señor ...«
»Er konnte ja schmutzig und müde gewesen sein«, sagte Almirón. »Sie müssen nur sagen, ob Sie ihn wiedererkennen oder nicht. Und haben Sie keine Angst, mein Freund, die Wahrheit beleidigt nicht.«
Der Mann dankte ihm mit den Augen.
»Ja?« Gamboa beschrieb einen Kreis mit Daumen und Zeigefinger und bewegte ihn von oben nach unten. »Oder nein?»
»Dieser ... Ich glaube ja, Señor ...«
»Danke.« Gamboa lächelte befriedigt. »Er kann gehen, Almirón.«
Die beiden gingen hinaus, und Gamboa zündete eine Zigarette an. Er stand auf und ging um Ramiro herum. Blieb hinter seinem Rücken stehen.
»Sie sind verloren, Bernárdez.«

XVIII

Dann ließen sie ihn allein, und er hörte, daß Gamboa Anweisung erteilte, er solle am frühen Morgen eine formelle Erklärung abgeben, die Almiróns Verhör wiedergäbe.

Später wechselte der wachhabende untersetzte Mann ein paar Worte mit einem Uniformierten, der eintrat und die Aufsicht über ihn übernahm. Schweigend und unbeteiligt führte dieser ihn zur Wache, wo ein dritter Polizist seine Personalien aufnahm und ihm seine Kennkarte abverlangte, die er in einen Kasten legte. Dann nahm man ihm die Uhr ab, den Gürtel und die Schnürsenkel. Auch seine Brieftasche mußte er hinterlassen, und schließlich untersuchten sie seine Taschen, die leer waren.

Danach kehrten sie ins Innere des Gebäudes zurück, und nachdem sie eine Tür durchschritten hatten, brachten sie ihn in ein übelriechendes Kellergeschoß, das ein halbes Dutzend Zellen beherbergte. Der Polizist öffnete eine und hieß ihn mit kurzem Kopfnicken eintreten. Dann schloß er die Tür ab, die aus massivem Stahl bestand und im oberen Teil ein viereckiges Guckloch hatte. Sie machte einen Höllenlärm.

Während all dieser Vorgänge empfand Ramiro seine Angst und seine Müdigkeit. Er dachte, trotz des Aufwands des Polizeichefs brauche er keine übertriebene Furcht vor der Erklärung des Lastwagenfahrers zu haben. Es lag auf der Hand, daß der Lastwagenfahrer tief erschrocken gewesen war und daß Gamboa ihn auf plumpe Weise eingeschüchtert hatte. Hätten sie ihn vor einem mehr oder minder unparteiischen Untersuchungsrichter auf die Bibel schwören lassen, der Typ hätte seine Zweifel vorgebracht und seine Überzeugung, er habe einen Paraguayer befördert, der freilich dem Angeklagten sehr ähnlich sah. Doch was ihn wirklich beunruhigte, war Gamboas unverhüllte Drohung. Er glaubte nicht, er wollte nicht glauben, daß man ihn foltern würde, doch dann sagte er sich immer wieder, daß er im Chaco sei, im Argentinien des Jahres 1977, und wenn in diesem Zusammenhang etwas fehlte, so waren es Garantien. »Glauben Sie bloß nicht, daß wir in Frankreich sind«, hatte Gamboa zu ihm gesagt.

Obwohl er es wußte, hatte er sich dennoch für die Rückkehr entschieden. Unter anderem dank jenes unerklärlichen Heimwehs, das er all die acht Jahre empfunden hatte, dank der Möglichkeit, eine Lehrtätigkeit an der Universität des Nordostens zu beginnen, und vielleicht, obgleich er sich dessen nicht sicher war, weil er wußte, daß es ihm mit seiner Berufsausbildung nicht schwerfallen würde, politisch aufzusteigen. In dieser Beziehung, mochte er es zugeben oder nicht, hatte Gamboa ins Schwarze getroffen: Dieser Fall gefährdete seine Aussichten auf gesellschaftspolitischen Erfolg. Natürlich dürfe er, so sagte er sich, keinesfalls der Versuchung zu einem Geständnis erliegen. Dazu beglückwünschte er sich. Jedes Versprechen dieses Mannes war verdächtig und unglaubwürdig.

Die Zelle war einfach ekelhaft. Sie mochte, so

schätzte er, zwei auf drei Meter sein, und der Zementfußboden war feucht. Er wußte nicht, ob von Urin, da der Amoniakgeruch sehr stark war, doch es blieb ihm keine andere Wahl, als sich in einen Winkel zu setzen, der ihm trockener vorkam. Die Decke schien sehr hoch. Fenster gab es nicht, und nur durch das Oberlicht drang ein Lichtstrahl. Das Halbdunkel war undurchdringlich, und wenn ihm beim Herabsteigen das Kellergeschoß auch kühl vorgekommen war, so spürte er gleich darauf eine kompakte, klebrige Hitze. Schlafen würde schwerfallen, trotz der auf ihm lastenden Müdigkeit. Es war die zweite Nacht großer Spannung, des Gefühls, verfolgt und in die Enge getrieben zu sein.

Plötzlich waren polkaähnliche Rhythmen zu vernehmen. Es schien ein auf volle Lautstärke eingeschaltetes Radiogerät zu sein. Das verstimmte Bandoneon kreischte, und ein Duo besang eine verlorene Liebe inmitten von Palmen und endlosem Sandstrand. Ramiro rutschte unruhig hin und her und haderte mit sich über alles, was er durchmachte. Er hatte es nicht verstanden, kaltblütig und bedächtig zu sein. Warum hatte er die Nerven verloren? Wie war es möglich, daß er sich infolge seines Geschlechtstriebs in einen Schänder und Mörder verwandelt hatte? Er wurde sich seiner Bitterkeit und Wut bewußt und versetzte der Wand einen Faustschlag, die ihm mit einem dumpfen, trockenen Laut antwortete und einen glühenden Schmerz in der Mittelhand hinterließ. Sie ist eben schön, Scheiße noch eins, verteufelt schön, sagte er sich in Gedanken an Araceli. Doch wie hatte ein Typ wie er so den Kopf verlieren können? Ja, das hatte er. Jedesmal, wenn er sich die Frage stellte, mußte er erkennen: Dieses Kind war der fleischgewordene Teufel, Mephistopheles, der kam, um ihm sein Leben zu verhunzen. Er lächelte in die Dunkelheit hinein, aber es war ein trauriges Lächeln.

Jetzt verstummte das Radio, das eine geraume Weile Polkarhythmen, Gitarrengezupf und Werbetexte ausgestrahlt hatte. Ramiro glaubte in der wiedergekehrten Stille fernes Stöhnen zu vernehmen. Später ertönte das Radiogerät wieder und behämmerte die Stille mit einem Lied von Charly García, das die Einsamkeit des Alleinseins beschwor. Auch hörte er das näselnde, widerliche Fluchen eines anderen Gefangenen, der die Nachbarzelle zu bewohnen schien.

Irgendwann schlief er trotz der Musik und der Hitze und der Feuchtigkeit ein. Bis die Stimme von Inspektor Almirón hinter dem Guckloch ihn weckte.

Ramiro wußte nicht, wie lange er geschlafen hatte, es schien ihm jedoch, es sei kurz gewesen; die Dunkelheit war die gleiche. In dieser Zelle verlor man den Zeitbegriff, und er fühlte sich so müde, als habe er, statt zu schlafen, die ganze Nacht gearbeitet. In gewisser Weise war es auch so gewesen.

»Was wollen Sie jetzt?« fragte er in Richtung Guckloch.

»Kommen Sie, treten Sie näher.«

Ramiro stand auf. Er war benommen, die Knochen

taten ihm weh, er fühlte sich naß, schmutzig, gallertartig. Es war sehr heiß. Er ging auf die Tür zu.
»Was gibt's?«
»Sie kommen frei. Doch vorher möchte ich noch ein paar Sachen von Ihnen wissen.«
»Warum komme ich frei? Haben Sie Ihre Meinung geändert? Oder haben Sie den Mörder gefunden?«
»Spielen Sie nicht den Witzbold! Der Mörder sind Sie. Daran hege ich nicht den geringsten Zweifel, und übrigens weiß ich jetzt auch, warum Sie es getan haben.«
Almirón lachte, während er die Tür aufschloß. »Und ich glaube fast, ich beneide Sie. In gewisser Weise.«
Ramiro trat hinaus, die Augen argwöhnisch zusammenkneifend. Hurenmutter, sagte er sich, wieder auf dem Quivive sein. Wieder die Angst, hervorgerufen durch diese verteufelte Lage, in die er sich hineinmanövriert hatte.
Draußen war es heller. Ihm schien, es sei schon Tag. Er erkundigte sich. Almirón erwiderte, es sei halb acht, und wollte wissen, wie er sich fühlte.
»Beschissen. Sie haben mir mit dem Radio die Nacht höllisch vergällt.«
»Dabei haben sich die Jungs eine Scheißmühe gegeben.«
Ramiro fragte, ob er auf die Toilette gehen könne. Almirón führte ihn vor eine Tür am Ende des Gangs, auf den alle Zellen gingen. Er wartete draußen, während Ramiro ins Pissoir ging und sich anschließend Gesicht und Hände wusch und das Haar anfeuchtete. Als er kehrtmachte, um heraus-

zutreten, lächelte Almirón. Er bot ihm eine Zigarette an, die er annahm.

»Worüber lachen Sie?«

»Sie sind ein Phänomen, Doktor.«

Er sagte es in amüsiertem Tonfall. Ramiro fiel auf, daß in seinem Spott ein aufrichtiges Gefühl von Bewunderung mitschwang.

»Weshalb?«

»Sie haben gesagt, Ihre Mutter könne bestätigen, daß Sie vorgestern nacht um vier nach Hause gekommen seien, oder?«

Ramiro schöpfte Verdacht, sein Rückgrat wurde steif.

»So ist es«, sagte er langsam, behutsam.

»Dabei sagte Señorita Tennembaum aus, Sie hätten die ganze Nacht des Verbrechens bei ihr verbracht. In ihrem Bett.«

Ramiro, plötzlich versteinert, sperrte den Mund auf. Er blickte Almirón an, ohne ihn zu sehen, und wurde sich darüber klar, daß er nichts sagen würde; ihm war einfach die Kinnlade heruntergefallen.

»Drum sagte ich, daß ich Sie beneide, Mann«, sagte der andere vertraulich, scherzhaft. »Sie sind ein Phänomen. Aber für mich stecken Sie nach wie vor in einer beschissenen Klemme.«

Er wurde ernst, und seine Augen wurden eisig.

»Aber...« Ramiro wurde wachsam, er ahnte eine Falle. »Aber die Polizisten des Streifenwagens, die uns angehalten haben, bestätigen, mich mit Tennembaum um drei Uhr etwa gesehen zu haben.«

»So ist es. Aber sie hat gesagt, Sie seien in ihr Zimmer zurückgekehrt, und gemeinsam hätten Sie

Tennembaum, völlig betrunken, in dem Ford abfahren sehen. Natürlich glauben wir ihr kein Wort, aber es ist eine Zeugenaussage, und die rettet Sie vorläufig.«

»Vorläufig?«

»Klar«, sagte Almirón kalt, langsam. »Denn ich spüre im Rückgrat, daß wir uns wiedersehen werden. Sie können gehen.«

XIX

Auf der Wache gab man ihm seine Siebensachen zurück, die er wie ein Automat entgegennahm. Als er durch die Tür trat, die Almirón ihm wies, blickten sie einander ein paar Sekunden an; der Polizist schien ihm mit den gleichen kalten Augen zu sagen, er solle bloß nicht glauben, nun sei alles vorbei. Ramiro wollte ihm sagen, daß er nicht mehr könne, daß er erschöpft sei.

Im Empfang des Gebäudes saßen auf einer langen Holzbank, an die Wand gelehnt, seine Mutter und Carmen, beide schweigsam, verweint, schwarz gekleidet. Neben ihnen, mit übergeschlagenen Beinen, sorglos rauchend, wenngleich mit der umsichtigen Miene, die ihm ein Popelinanzug Marke Prince of Wales verlieh, saß Jaime Bartolucci, ein ihm befreundeter Anwalt, der auf der Oberschule die Bank mit ihm gedrückt hatte. An einem auf die Straße gehenden Fenster stehend, in ihren engen Cowboyhosen und einem knappen

grünen kurzärmeligen T-Shirt, das ihre kaum erblühten Formen betonte, beobachtete Araceli mit herabhängenden Armen, über der Scham gefalteten Händen und mit schmachtendem Blick die Tür zur Wache.
Als sie ihn heraustreten sah, schien sie zu erwachen. Sie lief auf ihn zu und umhalste ihn, küßte ihn und sagte »Liebster, Liebster« mit lauter Stimme, die in der Halle klangvoll widerzuhallen schien. Ramiro stand starr da, beschämt. Carmen weinte hysterisch los und schneuzte sich mit einem Tuch, und Jaime, wie von einer Feder hochgeschnellt, stand auf. Maria ging auf ihn zu, den Kopf hin- und herbewegend:
»Was hast du nur getan, Ramiro ...« klagte sie.
Währenddessen ließ Araceli die Arme sinken, faßte ihn am Arm und erklärte ihm mit der gleichen lauten, sicheren Stimme:
»Ich habe ihnen die Wahrheit gesagt, Liebster, daß du die ganze Nacht bei mir gewesen bist und daß wir ein Liebespaar sind.«
Ramiro schluckte Speichel und seufzte tief auf. Als sie auf die Straße traten, wußte er, daß Almirón ihn von irgendeinem Fenster aus beobachtete. Und er schien sich an Polkarhythmen zu erinnern – oder sie verschwommen zu hören.

Vierter Teil

»Und was du nicht weißt ist das ein-
zige
was du weißt
und was du besitzt, ist was du nicht
besitzt
und wo du bist ist wo du nicht bist.«
T. S. Eliot
East Coker

XX

Er verbrachte den ganzen Tag im Bett. Das Geräusch des Standventilators verlieh ihm ein leichtes Wohlgefühl. Doch seine Schläfrigkeit gewann die Oberhand. Er schlief ein, hatte Alpträume, erwachte mehrmals. Zum Mittagessen wollte er nicht aufstehen. Er erwachte wiederum gegen halb vier Uhr nachmittags, um fünf, und jedesmal beschloß er weiterzuschlafen.

Gegen Abend zündete er sich eine Zigarette an und sah zu, wie das Tageslicht hinter den Metallrolläden erlosch.

Er fühlte sich niedergeschlagen. Vorderhand war er gerettet, ja, doch dann erinnerte er sich an Almiróns Warnung: »Sie stecken nach wie vor in einer beschissenen Klemme.« Und er hatte recht. Alles war gegen ihn: In erster Linie steckte er in Aracelis Fängen, die er überhaupt nicht liebte. In zweiter Linie hatte er den Skandal nicht vermieden, denn schon die Morgenzeitungen – die er vor dem Schlafengehen gelesen hatte – brachten ihn andeutungsweise mit der möglichen Ermordung Tennembaums in Verbindung. *El Territorio* und *Norte,* die beiden Lokalblätter, druckten den Fall in großer Aufmachung. Im Chaco kamen nie bedeutende Verbrechen vor, und dieses war ein gefundenes Fressen für sie. Es war vorauszusehen, daß am kommenden Tag, auch wenn er von jeder Belastung befreit war, sein Name wieder in die Schlagzeilen geraten würde. Und wie sollten sie nachher erklären, daß er unbeteiligt war? Und was würden Gamboa und Almirón sagen, die noch gestern versichert hatten, sie seien sicheren Fährten auf der Spur und würden den Mörder von einem Moment auf den anderen dingfest machen? Welchen Mörder würden sie der Presse vorführen? Denn sie hatten auch vor den Zeitungsleuten die Möglichkeit eines Unfalls, geschweige denn eines Selbstmords, verworfen. Zwar wurden keine unmäßigen Verdächtigungen gegen ihn erhoben, aber sein Name war in der Tat in den Fall verwickelt. Ein gewisses Maß an Skandal war bereits unaufhaltbar. Einen Fall wie diesen würden sich die bösen Zungen Resistencias nicht entgehen lassen.

Drittens: Auch wenn er endgültig entlastet war, konnte der Fall für die Universitätsbehörden entscheidend sein. Seine Ernennung, das durfte er sich nicht verhehlen, stand auf dem Spiel. Hauptsächlich, weil er sich Gamboa Boschetti gegenüber alles andere als kooperativ gezeigt hatte. Und dieser hatte sich klar ausgedrückt: »Sie werden nicht nur dank Ihrer Studienausbildung, auch nicht dank Ihrer Titel in die Universität aufgenommen.« Was würde heute der Polizeichef den Journalisten erklären? Daß man sich getäuscht habe? Das war illusorisch. Man würde der Presse natürlich nicht Araceli Version auftischen, weil es sich um eine Minderjährige handelte und die Polizei sich damit lächerlich machen würde. Doch dieser furchterregende

Oberstleutnant war zu jedem neuen Tiefschlag fähig.
Und fliehen konnte er nicht. Nach Paris zurückkehren? Unmöglich: er hatte kein Geld. Und selbst, wenn er welches besessen hätte, würden Gamboa und Almirón ihn in Buenos Aires durch die Bundespolizei überwachen und ihm die Erneuerung seines Reisepasses verwehren, Frankreich war kein Nachbarland. Doch vor allem würde er, solange kein Mörder gefunden war – und er konnte nicht gefunden werden –, fraglos weiterhin beschattet werden. Dieser Mann hatte es ihm versichert: Er stand unter Kontrolle.
Und Araceli? Wozu hatte sie all das gemacht? Dieses Kind war verrückt. Eine Art Mefistofeles, weiß Gott, und das war nicht zum Lachen. Wozu hatte sie ihn mit diesem unwiderleglichen Alibi gerettet, wenn sie wußte, daß er ihren Vater getötet hatte? War es ein Ungeheuer, dieses Mädchen? Verrückt oder ein Ungeheuer, sagte er sich, es war zu fürchten, denn es hatte ihn gefangen. Denn ganz offensichtlich wußte sie alles; und jetzt rettete sie ihn, ja, doch er würde ihr nie vertrauen können. Er war in der Tat in eine Falle gegangen. Und wenn sie all das tat, eben um den Tod ihres Vaters zu rächen und damit die Vergewaltigung, deren Opfer sie geworden war? Es mochte so sein … Und wie würde sie sich rächen? Was würde sie ihm antun? Ihn töten? Ihn vielleicht zu ihrem Ehemann machen? Schön, jetzt wußte er, daß Araceli zu allem, und zum Unvorhersehbarsten, fähig war. Doktor Faustus war verloren.

Außerdem mußte sie ihn hassen. Ja, mochte sie noch so lüstern, heißblütig, unersättlich sein, sie mußte ihn hassen. Doch wenn es so wäre, würde sie es mit ihm nicht auf diese brutale, wilde, verzweiflungsvolle Weise treiben, in der sie immer von ihm genommen werden wollte? Und wenn sie sich verliebt hatte? Sie war verrückt. Er verstand sie nicht. Es war das einzig Gewisse in bezug auf sie. Unglaublich: eine Halbwüchsige, nichts als ein frühreifes, vorzeitig verdorbenes Kind hatte ihn vollkommen in der Hand. Und für ihn gab es kein Entrinnen.

Noch immer hatte er Dorinne nicht vergessen. Sie waren glücklich gewesen; er war es gewesen, bis ...

Schön, doch das war ein anderes Thema. Jetzt war er gefangen.

Aber wollte sie ihn zum *Gatten?* Oder wollte sie ihn sich *ergattern?* Gott, was für ein abscheulicher, ungereimter Gedanke. Er stand in der Fülle seines Lebens, und auch wenn er noch immer glaubte, in Dorinne verliebt zu sein, die kleine bezaubernde Französin aus Vincennes, so mißfiel ihm sein augenblickliches Junggesellendasein keineswegs, und noch weniger dank der Aussicht auf eine gesellschaftliche Stellung in seinem Land, wo er bekannt und sogar bewundert war. Nein, natürlich wollte er nicht heiraten, und am allerwenigsten dieses beängstigende kleine Ding. Ja, sie erhitzte ihn bis zur Raserei; sie erregte ihn, bis er jede Selbstbeherrschung verlor; es mit ihr zu treiben, war in der Tat fabelhaft. Noch nie in seinem Leben hatte er eine so heißblütige Frau kennengelernt, aber ... sie war erst dreizehn Jahre alt! Eine lächerliche Lage. Und außerdem war Araceli auf dem besten Wege, eine Hure zu werden, er kam bei ihr nicht mit, sie war unersättlich. Dabei fing es gerade erst an! Teufel noch eins, sagte er sich, sie wird eine Mordshure werden und ich ein Hahnrei fürs ganze Leben, wer hält das aus. Seufzend wälzte er sich im Bett hin und her. Und zu allem Überfluß ein unglücklicher Hahnrei.

Nein, er würde nicht heiraten. Und Schluß.

Aber er fand keinen Ausweg. Er kam sich vor wie ein Kater hinter dem Eisschrank, in die Enge getrieben und verängstigt.

Ja, er befand sich nach wie vor in einer verteufelten Lage.

XXI

Um halb neun Uhr abends rief Araceli ihn an und sagte, sie sei im Haus einer Freundin in Resistencia und bitte ihn, sie nach Fontana zu bringen. Ramiro hätte später, als er wieder daran dachte, nicht sagen können, ob ihre Stimme unerbittlich geklungen hatte, immerhin war ihr Tonfall überaus fest gewesen. Nein, nicht Drängen, aber Festigkeit hatte darin mitgeschwungen. Er hatte keine Lust, sie an diesem Abend zu sehen. Doch Aracelis Stimme enthielt etwas unabweisbar Aufreizendes.

Im Haus war Cristinas Verlobter, ein pausbäckiger junger Mann mit Metallbrille, sehr kurzsichtig, der nicht nein sagen konnte, als Ramiro ihn um seinen Wagen bat. Auch er wollte das nicht: noch einmal einen Wagen ausleihen. Aber er konnte nicht anders. Araceli hatte ihn gebeten, sie abzuholen, und er tat es einfach und sagte sich, als er den kleinen Fiat 600 startete, ich bin ein Schlappschwanz.

Das Haus lag weniger als fünfzehn Block entfernt, an der Avenida Sarmiento. Ramiro hupte zweimal kurz, es klang wie Flötentöne, und schon kam Araceli heraus. Sie war wirklich bildschön: Sie trug einen Rock aus Jeansstoff und ein über ihren Brüsten aufgeknöpftes Schottenhemd. Ihre Füße staken in Ledersandalen mit niederem Absatz, ihr schwarzes loses Haar fiel auf ihre Schultern und machte sie so zum verspielten, ungeduldigen Kind. Als Ramiro sie mit dieser natürlichen, unwillkürlichen Koketterie auf den Wagen zukommen sah, konnte er nicht umhin, sich auf die Lippen zu beißen. Wahrhaftig, Araceli sah strahlend aus, blutjung, frisch wie eine Erdbeere aus Coronda.

Während sie die Tür zuschlug, startete er den Wagen. Ohne daß sie ihm eine Frage gestellt hätte und nachdem sie ihm einen sehr feuchten Kuß auf den Mund gegeben hatte, erzählte sie, daß sie den ganzen Tag mit dieser Freundin verbracht habe, weil die Stimmung im Hause unerträglich geworden sei, Mama weinte und weinte und wird immer weiter weinen, und meine Brüder sind völlig außer sich, überdies konnte ich es kaum erwarten, dich zu sehen, ich habe mehrmals bei dir angerufen, und deine Mama sagte mir, du würdest schlafen; sie ist unfreundlich zu mir gewesen, deine Mama, ich mag sie nicht mehr, und sie lachte laut und wohlklingend.

Ramiro fragte sich, aus was für Holz dieses Mädchen geschnitzt sei. Offensichtlich hatte sie keine Minute geweint.

»Araceli, ich glaube, wir müssen miteinander sprechen, nicht?«

Sie blickte ihm gerade ins Gesicht und zog die Beine hoch. Er steuerte, wurde sich aber bewußt, daß sie ihn musterte. Ihm schien, sie sei mit einemmal sehr ernst geworden.

»Worüber?«

»Schön ... Über alles, was passiert ist. Es sind so viele Dinge passiert.«

»Ich habe dazu nichts zu sagen. Ich will nicht darüber sprechen.«

»Warum nicht?«

»Ich will nicht, weil ich nicht will.«

Und sie schaltete das Autoradio ein, das auf einen brasilianischen Sender eingestellt war, der ein Lied von María Creuza brachte. Ramiro runzelte die Stirn, sagte aber nichts. Er steuerte schweigsam weiter und durchquerte die Stadtmitte. Sie bewegte sich auf ihrem Sitz zum Takt der im Radio gespielten Rhythmen.

»Wohin soll ich dich bringen?«

»Wohin du willst. Laß uns aus der Stadt herausfahren.«

»Nach Fontana?«

»Wohin du willst.« Und sie bewegte sich weiter, nun zu einem Lied von Jobim.

Ramiro fuhr in Richtung Straßendreieck. Er sah die Grillrestaurants vorüberfliegen, denen köstliche Gerüche von Rostbraten und Innereien entströmten, die schwachbeleuchteten Gaststätten für Lastwagenfahrer, und nach einer Weile fuhren sie auf der Landstraße. Die Nacht war hell, vom Vollmond erleuchtet. Bei mittlerer Geschwindigkeit bog Ramiro in die Straße nach Makallé ein; von dort aus würde er über Puerto Tirol in einer halben Stunde Fontana erreichen.

Nachdem sie abgebogen waren und die Route 16 verlassen hatten, bat Araceli, er möge halten. Ramiro fühlte einen Krampf in seinen Halsmuskeln.

»Nein, heute nicht, Kleines, klar? Mach endlich einen Punkt.«

Er bremste den Wagen nicht und fuhr mit der gleichen Geschwindigkeit weiter.

»Ich will aber«, sagte sie mit der Stimme eines auf dem Flughafen verirrten Kindes. »Ich will jetzt gleich.«

Ihr Atem ging stoßweise, heiser. Ramiro sagte sich, es dürfe nicht sein, sie war unersättlich; sie mußte Scheidenfieber haben; auch wenn ich sie erweckt habe, so darf es doch nicht sein, sie wird mich auslaugen, ich will nicht, und vor eigener Erregung begann er, als er ihre Hand auf seinem Bein spürte, zu stammeln und zu zittern.

»Heute nicht, ich schwöre es dir, ich bin müde.« Er schob ihre Hand weg und bemühte sich, nicht die Kontrolle über den Wagen zu verlieren. »Ich habe zwei Nächte nicht geschlafen.«

»Du hast den ganzen Tag geschlafen«, sagte sie, als hätte man ihr ihre Lieblingspuppe zerbrochen.

»Trotzdem bin ich müde, Araceli, bitte, versteh mich.«

Und sie verstummten, und er steuerte weiter, schielte aber zu ihr hinüber, und ihm schien, sie verziehe den Mund, als wolle sie losweinen. Ihre Augen glänzten.

»Sei nicht böse und versteh mich, ich bin todmüde«, sagte er.

Doch in Wirklichkeit hatte er Angst. Dieses kleine Luder war vollkommen unberechenbar. Er war von Schrecken gepeinigt, wenn er daran dachte, in wessen Händen er sich befand. Wie lange sollte dieses Alibi standhalten, das sie ihm am Morgen eröffnet hatte, um ihn aus den Fängen der Polizei zu retten? Wie lange würde er diese Lage ertragen, in Gesellschaft dieses jungen Mädchens, das ihn so erregte, daß er nicht mehr wußte, was er tat? Wie sollte er ihrer Herr werden?

Araceli stöhnte oder schluckte Schleim; er hätte es nicht genau zu bestimmen gewußt. Sie atmete unruhig, heiß, und legte abermals eine Hand auf sein Glied, das wie unabhängig von seinem Willen reagierte und wie ein Pfahl erigierte. Ramiro fühlte Panik. Er war so heiß wie der Mond, der von neuem auf der Fahrbahn leuchtete. Wieder wollte er die Hand fortschieben, doch Araceli warf sich auf ihn und begann, seinen Hals zu küssen und in sein Ohr zu stöhnen, es mit Speichel zu füllen, eine neue Cato, die aufsagte »Cartaginem esse delendam«, aber Karthago war er, und er vermochte ihr nicht mehr Einhalt zu gebieten, Teufel noch mal, er würde tatsächlich zerstört werden. Und dann mußte er an einer Straßenseite anhalten, denn der Fiat schleuderte bereits im Zickzackkurs, und schon hatte er die Herrschaft über den Wagen verloren.

Er bremste an der Böschung in der Nähe eines Drahtzauns und versuchte sich von Araceli loszumachen, die an seinem Hals hing. Sie streckte eine Hand aus, schaltete die Scheinwerfer aus und drehte den Zündschlüssel um. Und begann zu schnurren wie ein läufiges Kätzchen:

»Mach's mit mir, Liebster, mach's mit mir«, und riß ihm wie rasend den Reißverschluß der Hose auf und packte sein Glied mit einer Hand, während sie mit der anderen überstürzt, verzweifelt, sich den Jeansrock hochzog. Und Ramiro sah wieder in dem in den Wagen dringenden schwachen Mondschein den schimmernden Flaum auf ihren mattbronzenen Beinen und das winzige weiße Höschen, über das sich wie ein kleiner Federbusch ihr Schamhaar hochschob, und er wußte, er würde nicht widerstehen können, er war zu einer Marionette geworden. Er stieß ein paar Flüche aus, als sie in ihrer Erregung in sein Geschlechtsteil biß, und jetzt packte er sie am Haar und zerrte sie hoch, hob sie zu sich hoch und begann sie zu küssen und kam sich wütend und außer sich vor und erkannte von neuem die Bestie, in die er sich verwandelt hatte, und lehnte sich leicht im Sitz zurück und setzte das junge Mädchen rittlings auf sich und riß ihr mit einem Ruck das Höschen herunter. Gewaltsam

drang er in sie ein, und in diesem Augenblick entfuhr ihr ein Schrei, und sie brach in Tränen aus, fast zum Tier geworden vor Lust, vor Hunger. Sie zerwühlten einander wild, umklammerten sich, schlugen sich auf die Schultern, um einander noch rasender aufzureizen, und der kleine Wagen geriet ins Schwanken. Und sie trieben es so lange, bis sie einen tobenden, animalischen Orgasmus erreichten.
Und der Fiat hörte auf zu schwanken.

XXII

Ein mit Quebracho-Rundholz beladener Lastwagen mit Anhänger fuhr lärmend vorüber, und der Straßenbelag schien zu erbeben. In diesem Augenblick glaubte Ramiro zu verzweifeln. Noch hielt er Araceli rittlings auf seinem Schoß, noch hingen ihre Lippen an seinem Hals, saugten aber nicht mehr. Ihr Haar roch nach Zitronenshampoon; es war dichtes Haar. Ihre Körper schwitzten, und über ihre Schultern hinunter konnte er ihr Gesäß sehen und ein Stückchen ihrer Hose. Er hatte sie zerfetzt. So blieb er sitzen und blickte sie an, dann betrachtete er hinter der Windschutzscheibe die Nacht, während sein Atem ruhiger wurde. Er empfand Bitterkeit, schlimmer noch als am Nachmittag.
Er wollte rauchen. Er versuchte, das junge Mädchen fortzuschieben, um nach seinen Zigaretten zu

greifen, die auf dem Aschenbecher des Wagens lagen. Doch als er es tat, klammerte sie sich nervös an ihn, sagte »nein, nein« und begann, ihm von neuem den Hals abzulecken und die Hüften langsam, sinnlich zu bewegen. Er war noch immer in ihr. Sein Glied war schlaffer, doch noch nicht völlig erschlafft. Er runzelte die Stirn und fragte sich, was sie jetzt noch verlangen konnte. Er wollte nicht weitermachen. Oder doch, er konnte aber nicht mehr. Oder er wollte und konnte, wollte aber zugleich auch nicht. Es war die Angst. Oft verbergen Wortspiele Angst.

Nun, um sie abzuhalten, sagte er zu ihr, was er so dringend sagen wollte und zu sagen fürchtete:

»Araceli«, er sagte es ihr leise ins Ohr, »du glaubst doch, ich hätte deinen Papa getötet, oder?«

»Ich will nicht darüber sprechen«, murmelte sie langsam mit ihrer kindlichen Stimme, »ich will weitermachen, ich bin noch ganz heiß ... Gib mir mehr ...«

Und sie bewegte sich rhythmisch, hob ihre Hüften seitlich und preßte ihre feuchte Scheide zitternd auf Ramiros Glied. Ein paar Augenblicke lang überkam sie eine Art Schüttelfrost, krampfartige Anfälle. Wie Kälteschauer. Ramiro bemerkte, daß sein Glied reagierte. Er war erschöpft und begriff nicht, was er noch begehren konnte. Er fühlte sich leer, trotzdem wurde sein Glied nochmals steif und reagierte auf das glühendheiße Mädchen.

»Wir müssen reden«, sagte er verdrießlich.

»Scheiße!« Sie reckte den Oberkörper empor, ohne die Schenkel zu spreizen. Und begann mit ihren

Fäusten auf seine Brust zu trommeln, während sie sich auf ihm krümmte. »Gib mir mehr, gib mir mehr!«

Ramiro packte sie an den Handgelenken und drückte sie weg. Er stieß sie mit allen Kräften auf den anderen Sitz und ließ sie gegen die Tür prallen. Sie aber klammerte sich mit einer Hand an die Rücklehne und mit der anderen an den Rückspiegel und richtete sich abermals auf. Er sah nur eine Sekunde lang ihre weitaufgerissenen Augen, und es schien ihm, als rinne ein Faden Blut aus ihrem Mund. Stumm, aber keuchend rangen sie, bis sie, die mehr Kraft besaß, als er ihr zugetraut hatte, sich auf ihn warf, ihm das Hemd zerriß und eine Brustwarze packte, in die sie kräftig biß. Er fühlte einen stechenden Schmerz und geriet in Zorn. Brutal schlug er ihr mit der Faust auf den Nacken, und schon ließ sie los. Nun packte er sie am Hals und drückte zu.

Und drückte mit aller Seelenstärke, während er sich sagte, daß er schon wieder verrückt sei, verrückt, weil er in die Falle gegangen war, weil er sein Leben ruiniert hatte, weil er auf jeden Fall ein Mörder war. Und er drückte stärker, weil er sie haßte, weil er jedesmal, wenn sie nach ihm verlangte, sie notgedrungen besitzen mußte, und so, das wußte er, würde es ein Leben lang sein, und weil er Angst hatte, panische Angst, und ihm in diesem Augenblick schon alles gleichgültig war. Und während er das dachte und zudrückte, brach er in Tränen aus. Und er sah den Mond oder seinen Widerschein, der hereindrang und sich verewigt auf Aracelis Haut niederließ, die verzweifelt die Augen öffnete und ihre Hände über seinen Handgelenken schloß und ihn kratzte, ihre Fingernägel in seine Haut grub, bis Blut hervorquoll, jedoch ohne zu verhindern, daß er sie immer gezielter würgte. Und er drückte und drückte und sah ihr bläulich angelaufenes Gesicht, und sie schien Schüttelkrämpfe zu bekommen, stieß Kehllaute aus, tief aus ihrer Brust, die nach und nach dunkler, heiserer wurden, bis sie irgendwann aufhörten. Als ihr Widerstand erlahmte.

Aber Ramiro, der krampfhaft weinte, keuchend und niedergeschmettert durch die eigene Gewalttätigkeit, hörte nicht auf zu drücken. Er würde nie erfahren, wie lange er so dagesessen hatte, aber er ließ nicht eine Sekunde ab zu pressen, lange nachdem Araceli sich vollkommen ergeben hatte mit gebrochenem, seitlich herabhängendem Hals wie eine Nelke, die von ihrem geknickten Stengel fällt.

Lange danach, schweißgebadet, von der Hitze zermürbt, noch immer zwischen Kichern und Weinen, beobachtete er die Bahn des Mondes. Über Aracelis gekrümmtem Leib und ihrem blauangelaufenen Gesicht, das er zwischen den Händen hielt, sah er ihn ganz. Endlich der Vollmond, der heiße Dezembermond, der kochende, feuerfarbene Chacomond.

Und wieder erlebte er eine Schrecksekunde, als er merkte, daß er erregt war; daß sein Glied hart wurde wie sein Herz. Wie ein Stück Granit.

Und so ejakulierte er im Anblick des rotglühenden Mondes.

XXIII

Er stieg aus dem Wagen, nachdem er die Innenbeleuchtung abgestellt hatte, öffnete die rechte Wagentür und zerrte Aracelis Körper heraus. Er schleppte sie an den Handgelenken zur Böschung, ein Stück von der Fahrbahn fort. Er ließ sie vor dem Pfosten eines mit Stacheldraht eingezäunten Baumwollsaatfeldes liegen.

Er kehrte zum Fiat zurück, startete und wendete, um nach Resistencia zurückzufahren. Er beschleunigte bis auf hundert. Als er in die Stadt gelangte, war es halb zwölf Uhr nachts.

Von einer Telefonzelle aus rief er zu Hause an und bat Cristina, man möge ihn draußen in La Liguria abholen, vor der Kaserne, wo ihm, wie er hinzufügte, der Fiat stehengeblieben sei. Der Ort lag auf der anderen Seite von Resistencia, in Richtung Corrientes. Er zündete sich eine Zigarette an, wartete ein paar Minuten, wobei er sich verbot nachzudenken, ließ den Motor an und fuhr nach Hause.

Die Lichter waren gelöscht. Seine Mutter fragte aus dem Schlafzimmer, ob er es sei. Er sagte ja, sie solle sich keine Sorgen machen, der Wagen sei von allein wieder in Ordnung gekommen. Nun wusch er sich das Blut ab, wechselte Hemd und Hose, suchte seine Papiere zusammen, faltete einen Leinensack, den er in die Hand nahm, und sammelte alles Geld ein, was er fand, dazu die noch ungewechselten fünfhundert Dollars.

Er kehrte zum Wagen zurück, und als er abfahren wollte, fragte er sich, ob all das wirklich so passiert sei. Er zögerte einige Sekunden, bevor er den Motor anließ, und als er es tat, stieß er eine Reihe von Flüchen aus.

Beim Verlassen der Stadt tankte er, ließ den Reifendruck prüfen und fuhr mit Höchstgeschwindigkeit Richtung Formosa. Jetzt ja, jetzt würde er vor Tagesanbruch in Paraguay sein.

Epilog

»Der Mann kommt an im Herbst wie in ein Niemandsland:
zum Sterben ist's zu früh,
zum Lieben ist's zu spät.«

Aledo Luis Meloni
Straßenschmutzstrophen

XXIV

Er schloß die Augen und trat vom Fenster zurück. Jetzt war es sinnlos, weiter zu fliehen. Er war ein Flüchtling mit kurzen Beinen. Jeden Augenblick konnten sie kommen und ihn holen, und das einzige, was er währenddessen tun konnte, war nachdenken. Denken und erinnern. Nicht einmal klagen.

War da etwas, worüber er klagen konnte? Ja, da war etwas, denn er hatte viel verloren. Er hatte sein Leben verpfändet, und Schulden müssen beglichen werden. Seit er in Paris mit dem Jurastudium begonnen hatte, hatte er es gewußt. Ach Paris, so schön und strahlend, mit seiner harmonisch fließenden, scheuen Seine und diesen Ufern mit den vertäuten Booten und weisen Fischern mit Pfeifen im Mund. Entwicklung, fortgeschrittener Kapitalismus, Ökologie, Sauberkeit. Und diese unendliche Kälte in den Menschen. Ach, Paris mit seinen Kuppeln und schieferfarbenen Dächern, aus lebendigen Gefühlen wurden Postkarten. Paris. So verschieden von dieser kümmerlichen Stadt, auf die er jetzt aus dem achten Stock des Hotels Guarani herabblickte. Diese unterentwickelte Stadt, schmutzig, aber vernarrt in ihre koloniale Schönheit, in diese vergilbte und ausgeleierte Straßenbahn, die straßenabwärts fuhr und sich zwischen den Dach-

ziegeln eines vielleicht aus dem letzten Jahrhundert stammenden Hauses verlor.
Und der Fluß dort drüben in der Ferne, eher erahnt als gesehen. Ein echter Fluß, der Paraguay, wie der Paraná. *Fast* wie der Paraná. Echte gewaltige Flüsse, weit, gewunden, häufig mörderisch über ihre Ufer tretend wie die heiße Wut dieser Länder. Teufel noch mal, zu diesem Zeitpunkt der Debatte noch schwermütig werden, wo einer sich bereits für immer in einen Geächteten verwandelt hat. Wer hätte das gedacht? Doch wozu länger darüber nachdenken. Schuld war die Hitze gewesen, welche die Möglichkeit des Todes anfeuert. Seinen Formen Vielfalt verleiht. Anscheinend forscht die Hitze bei einem selbst nach, und man tut, als merke man es nicht. Aber sie fördert Tod zutage, dieses wie die großen Flüsse stetig erneuerte uralte Ding. Diesen Fluch.
Er setzte sich aufs Bett und trank einen Schluck Coca-Cola, die er bestellt hatte, schon wäßrig, weil das Eis sich aufgelöst hatte. Die Hitze war unerträglich geworden, und der stumme Gitterrost der Klimaanlage war eine weitere Form der Unterentwicklung. Doch das war nicht das Wichtigste. Wichtig war es, zu warten. Wenn er sogar die Angst verloren hatte. Er sah es in dem dem Bett gegenüberhängenden Spiegel, der ihm sein Ebenbild zurückwarf, ohne Hemd, halbnackt, mit diesem Fleck am Hals, der ihn an Aracelis Leidenschaftlichkeit, ihre Bisse, ihr Saugen erinnerte. Ein blauer Fleck, Zeugnis des Geschehens, dessen, was *er* getan hatte. Doch ein flüchtiges Zeugnis, sagte er

sich, denn das geht vorüber, in wenigen Tagen schwinden solche Merkmale; nur das andere geht nicht weg, das drinnen ist das, was bleibt. Tiefe Traurigkeit kennt keine Möglichkeit der Verstellung, denn Traurigkeit hinterläßt keine blauen Flecken.

Ach, jetzt, in diesem Augenblick wollte er sterben. Jetzt müßte zum Beispiel eine Art von Catoblepas kommen, dieses imaginäre Ungeheuer, von dem Borges spricht, ein Wesen, vor dem jeder Mensch, der ihm in die Augen sieht, tot umfällt. Wenn er in diesem Augenblick käme und mir in die Augen blickte. Er würde vielleicht sagen: »Hallo, Catoblepas« und ihn ansehen. Ja, natürlich würde er ihn ansehen. Jetzt schon.

Denn das wäre sicherlich besser, als in die Hände derer zu fallen, in deren Hände er fallen würde. Denn jeden Augenblick konnte ein paraguayischer Streifenwagen kommen, man würde ihn identifizieren und den argentinischen Kollegen ausliefern. Ramiro erinnerte sich an den Blick des Inspektors Almirón, der ihm versprochen hatte, man würde sich wiedersehen. Ja, sicherlich würde Almirón auf der anderen Seite des Flusses, in Clorinda, stehen, wenn die Paraguayer ihn auslieferten. Eine schlichte Formalität. Und er wäre das Objekt, die Ware.

Aber wozu, Teufel noch mal, zögerten sie so lange? Schon waren zwei Tage verstrichen. Worauf warteten sie?

Nein, sie konnten jeden Augenblick da sein. Er mußte sich darauf beschränken, nachzudenken und

sich zu erinnern. Und zu warten. Er verdiente das alles. Mit dem Tod spielt man nicht, auch nicht mit der Brutalität. Noch immer war er wie gelähmt, wenn er daran dachte, wie er die Selbstbeherrschung verloren hatte, wenn er an den Wahnsinn dachte, in den ihn seine Leidenschaft für dieses Mädchen getrieben hatte, das er nie mehr mit Namen nennen würde... Nie mehr? Nein, Scheiße, nie mehr.
Er dachte daran, hinunterzugehen, einen Rundgang zu unternehmen, etwas zu essen. Doch er wagte es nicht. Dann ging er im Zimmer auf und ab. Etwas sagte ihm, daß er vielleicht entkommen könne und daß er ein Narr sei, es nicht zu versuchen. Nein, was für ein Unsinn. Oder daß sich alles noch mehr verwickeln könnte. Noch mehr? fragte er den Ramiro, den der Spiegel ihm zurückwarf. Ja, noch mehr, schien der andere zu sagen.
»Das verstehe ich nicht, ich verstehe es nicht«, wiederholte er mit lauter Stimme, »ich werde verrückt. Warum, zum Scheißteufel, kommen sie nicht endlich?« Er kehrte zum Bett zurück, zündete sich eine neue Zigarette an und legte sich zum Rauchen hin. Verstehen. Wenigstens verstehen. Verstehen, warum und wieso sein Leben in nur drei Nächten der Hitze, der glutheißen Luft ruiniert worden war. Teufel noch mal, warum war er eigentlich in den Chaco zurückgekehrt? Und der Chaco ist heißes Land, Tropen, Urwald, Buschsteppe, leidenschaftliche Menschen. Wie sie. Sie, die jetzt Namenlose, und die Hitze und der Mond. Eine üble Verbindung, sagte er sich. Und er trank

einen Schluck Coca-Cola und dachte an Paolo und Francesca und an die Sünden des Fleisches und an die Schädigung des Nächsten. Aber ich bin schon kein Nächster mehr; ich bin ein Geächteter, ein Verdammter, sagte er sich, und er verschwor sich dem zweiten Kreis mit Semiramis, mit Dido, mit Kleopatra und mit Helena. Und rief sich die schöne Deutung Denevis ins Gedächtnis: Paolo ein Ignorant und Angeber; Francesca ganz Da Rimini, aber nichts als eine sinnliche Tagediebin. Und Giovanni, das Ungeheuer des Turms, ein zärtlicher Verliebter. Er selbst war in gewisser Weise ein verliebter Giovanni. Aber ein in den Tod Verliebter. Und deshalb verdiente er, vom zweiten in den siebten Kreis überzuwechseln, in das vom Minotaurus und von Gerion beherrschte Reich.

Warum holten sie ihn nicht ab? Das hatte sicherlich mit dem Hurensohn Almirón zu tun. Währenddessen ließ der Übertritt in den siebten Kreis auf sich warten. Dazu fehlte noch viel, viel, weil er sehr jung war und ein Niemandsland bewohnte. Paraguay war ein Niemandsland; und Asunción; und dieses Hotel; und der Chaco und Argentinien. Niemandsland: in dem es zum Sterben zu früh und zum Lieben zu spät ist. *Das* war seine Strafe.

Es war egal, daß sie ihn durch »die Maschine« schleusen würden. Die Verhöre, die Ohrfeigen, die er bekommen würde, waren das wenigste. Nicht einmal der Skandal war eine Strafe, nicht einmal die gesellschaftliche Erbitterung gewisser mittelmäßiger, kleinlicher Leute, die ihn kurze Zeit, während er in den Schlagzeilen stand, schmähen würden, bis alle vergessen hatten und, von der Hitze verdummt, zu einem neuen Tagesthema übergehen würden. Der Herbst würde die Vorbereitung für die neuen Ernten bringen. Dann würde die Baumwollernte kommen, die Hoffnung seiner Heimat. Und die Militärs würden an der Regierung bleiben. Und die Gamboas würden alles unter Kontrolle halten. All das war wenig: Die wahre Strafe bestand darin, nicht sofort in den Blutseen des siebten Kreises zu versinken; darin, nicht die Pfeilspitzen der Kentauren zu spüren, sobald er sich erheben wollte. Die Strafe bestand darin, jung und am Leben zu sein und weder sterben noch lieben zu können in diesen Niemandsländern.

In diesem Augenblick läutete das Telefon, und er sprang aus dem Bett. Endlich kam man, um ihn zu verhaften. Er hob den Hörer ab. Es war der Typ vom Empfang.

»Señor, hier sucht Sie eine Señorita.«

Ramiro umklammerte den Hörer und hielt den Atem an. Er blickte aus dem Fenster und schüttelte den Kopf. Gleich darauf blickte er auf die auf dem Nachttisch liegende Bibel und dachte an Gott, aber er besaß Gott nicht. Es gab ihn nicht. Es gab nur jetzt und für immer die Erinnerung an den heißen Chacomond, eingelassen in ein Stück Haut, die aufregendste Haut, die er jemals kennenlernen würde.

»Was sagten Sie?«

»Daß eine Señorita Sie sucht, Señor, fast noch ein Kind.«

New York, März 1982
Mexiko, D. F., Januar/Februar 1983

Antonio Skármeta

Mit brennender Geduld

Roman. Aus dem Spanischen von Willi Zurbrüggen.
3. Aufl., 15. Tsd. 1985. 150 Seiten. Geb.

Antonio Skármetas Roman lebt von der Liebe des Autors zu seinen Figuren, von der Verbundenheit eines Schriftstellers mit den Menschen seines Volks, einer Gemeinschaft vitaler, skurriler und eigenwilliger Personen. »Mit brennender Geduld« ist ein blendend erzählter, unangestrengter, humorvoller Roman, ein Kleinod in unserer literarischen Landschaft.

»Skármetas Werk ist ein begeisternder Roman über Poesie, Politik und Leidenschaft. Gewisse Dialoge lesen sich wie ein glänzend geschriebener Lehrgang in Ästhetik. Diese Gespräche kreisen um Metaphern – Skármetas Werk ist voller Bilder, der ganze Roman ist metaphorisch zu lesen.« *Neue Zürcher Zeitung*

Der Radfahrer vom San Cristóbal

Erzählungen. Aus dem Spanischen von Willi Zurbrüggen.
201 Seiten. Geb.

Skármetas Gestalten »kämpfen, um als Individuum, zu zweit oder in kleinen Gruppen, die Werte der Solidarität in einer Gesellschaft zu errichten, in der alle einander fremd sind, in der die Mächte der Unterdrückung die menschliche Würde zu verdrängen und zu zerstören trachten«. *Ariel Dorfman*